U0097236

中國語言文字研究輯刊

十七編

許學仁 主編

第 5 冊

《上海博物館藏戰國楚竹書（七）
〈凡物流形〉》研究（上）

張心怡 著

花木蘭文化事業有限公司

國家圖書館出版品預行編目資料

《上海博物館藏戰國楚竹書（七）〈凡物流形〉》研究（上）／
張心怡 著 -- 初版 -- 新北市：花木蘭文化事業有限公司，
2019〔民108〕

目 2+146 面；21×29.7 公分
（中國語言文字研究輯刊 十七編；第 5 冊）
ISBN 978-986-485-925-2（精裝）
1. 簡牘文字 2. 研究考訂
802.08   108011981

ISBN-978-986-485-925-2

中國語言文字研究輯刊
十七編　　第 五 冊　　　　ISBN：978-986-485-925-2

《上海博物館藏戰國楚竹書（七）〈凡物流形〉》研究（上）

作　　者　張心怡
主　　編　許學仁
總 編 輯　杜潔祥
副總編輯　楊嘉樂
編　　輯　許郁翎、王　筑、張雅淋　美術編輯　陳逸婷
出　　版　花木蘭文化事業有限公司
發 行 人　高小娟
聯絡地址　235 新北市中和區中安街七二號十三樓
　　　　　電話：02-2923-1455／傳真：02-2923-1452
網　　址　http://www.huamulan.tw 信箱 hml810518@gmail.com
印　　刷　普羅文化出版廣告事業
初　　版　2019 年 9 月
全書字數　248697 字
定　　價　十七編 18 冊（精裝）台幣 56,000 元　　版權所有‧請勿翻印

《上海博物館藏戰國楚竹書(七)〈凡物流形〉》研究(上)

張心怡 著

作者簡介

張心怡，生於新竹，牡羊座。

臺北商專、國立中興大學中文系、國立臺灣師範大學國文所畢業

喜歡張愛玲的「因為懂得，所以慈悲」

現任 台中市立清水高中教師

提　要

　　本書共分四章，第一章緒論，只談及研究動機、方法及步驟；第二章針對《凡物流形》簡的編聯進行討論，其中包括《凡物流形》第27簡歸屬問題、字形初步討論及各家簡序討論，最後提出本書的簡序說明。第三章則是對於《凡物流形》一文的文字進行考釋，依據簡文內容加以分章，分別是：

　　（一）「萬物生成」章，內容主要是探究萬物生成、死亡的緣由、天地間固有的規律、法則發出的疑問，以及死後成為鬼神等問題。

　　（二）「自然徵象」章，是先民對於自然現象發出疑問，如風雨如何形成、日珥、月暈等現象，是否有特別的涵意？

　　（三）「察道」章，談論「上位者」明察天道與否，在施政上會有不同的展現以及天道迴環往復的概念。

　　（四）「守一」章，內容承「察道」章而來，進一步的說明，在上位者應遵從天道施政，若能持守「一」的理念思路，則天下大治。

　　第四章為研究成果展現及尚待解決之問題。

誌　謝

　　回首研究所及論文撰寫期間，感謝一路上鼓勵、提攜我的師長和支持我的家人，沒有您們，這本論文無法順利付梓。

　　首先，最要感激的是　季師旭昇悉心指導，讓學生得以一窺戰國文字的奧妙。老師治學謹嚴、學識淵博，教學總能深入淺出，故聆聽老師授學，總能獲益匪淺。且老師不吝將金針度人，在論文撰寫過程中，遇到可議之處，總是授予最合理的思考方向，不厭其煩地給予指導；有時寫作過程感到挫折沮喪，季師也會適時給予鼓勵，提振我的信心。

　　其次，誠摯地感謝　鍾柏生老師與　林清源老師，在口試時能給予許多寶貴意見，讓本篇論文更臻完備。在此，對兩位老師表達由衷的尊敬與謝意。當然，也要感謝研究所階段，讓我建立正確治學態度、研究方法的老師們——陳新雄老師、許錟輝老師、余培林老師、王更生老師、楊如雪老師、陳廖安老師、吳聖雄老師等，使我能夠穩紮穩打奠定學術研究的基石。

　　另外，我要特別感謝新竹實驗中學李文蓉老師，在實習期間，特別通融，讓我有充分的時間撰寫論文，且一路鼓勵、支持我，給予我信心。這讓我在撰寫論文過程中，時時充滿著感激。

　　我要再次的感謝總是傾囊相授、陪伴我努力的前輩、學長、同學們：雯怡助教、念慈助教、建洲學長、佩珊學姐、昆益學長、怡如學姐、姞淨學姐、佩霓

學姐、佑仁學長、俊秀學長、至君學姐、珊珊學姐、志威學長、宏杰學長、宛臻學姐、鈺玟、美儀、珮瑜、慧蓉、珊儀、丹玲、經緯、世盟，以及實習同事們：恩盈、愛伶、伊宣、怡玢、家瑋、凱銘等人，在實習期間，能夠體諒、包容我；還有支持我的家人們，尤其是父母，總是能全力支持和包容，還有可愛的小姪子光曜、小姪女涅喬，是我撰寫論文期間，紓解緊張壓力的活水泉源。感謝有您們，讓我能夠順利完成本篇論文。

要感謝的人太多了，謹以此文表達由衷謝忱及感激。

由於個人學識尚淺，論文中必有思慮欠缺的部分，祈請諸家指正。

目次

凡　例

一、本文《凡物流形》甲、乙二本竹簡圖版皆取自馬承源先生主編《上海博物館藏戰國楚竹書（七)》。

二、本文釋文與所引之辭例皆採嚴式隸定，後以「( )」註明該字之今字、通假字；「(？)」代表括號前之字，其隸定尚有疑問；於每簡簡末以「【凡甲】」標示其代表之簡序；「□」代表該處簡文因殘缺或殘泐而無法辨識的一個字，若依線索得知為某字而增補之，則用□把文字加框；「☑」代表該處簡文殘泐若干字；對爭議未決之字直接引用原形，並加註各家說法。

三、本文的上古音系統，聲母部份據黃侃古聲十九紐；韻母及擬音部分據陳師新雄古音三十二部。

四、本文在考釋文字部份採取先列出整段釋文，並分成數小段，於釋文中標記〔1〕、〔2〕、〔3〕……等各句，再於各句之下標記【1】、【2】、【3】……逐一考釋如：

　　〔1〕凸（凡）【1】勿（物）【2】流【3】型（形）【4】

　　〔1〕指本論文於該節第 1 條討論，下分【1】、【2】、【3】、【4】則指該句所要討論的字形。

五、除受業師稱某師，同門先進稱學長姊外，其餘學者一律只稱姓名。

六、本論文為便於閱讀，筆者之意見與討論均標記「心怡案」。

第一章 緒 論

　　王國維曾說：「古來新學問大都由於新發現。」〔註1〕1949 年以來，隨著考古學的發展，戰國文字資料大量的被挖掘出土，其數量遠遠超過歷史上任何一個朝代。許多古墓所出的文字資料相當可觀，其中又以楚系文字的資料最為豐富。迄今為止，出土的戰國楚簡約有二十批左右，在大陸湖南、湖北、河南等地，均陸續發現了戰國時代楚國的簡牘資料。如 1951 年在長沙市近郊五里碑楚簡、1953 年發現的長沙仰天湖楚簡、1954 年長沙楊家灣楚簡、1957年發現的信陽楚簡、1965 年發現的望山楚簡、1973 年湖北江陵縣藤店竹簡、1977 年發現的曾侯乙墓竹簡、1978 年江陵天星觀楚簡、1980 年臨澧縣九里 1號戰國楚墓遣策（尚未發表）、1981 年發現的九店楚簡、1983 年常德市夕陽坡二號楚墓竹簡、1986 年發現的包山楚簡、江陵秦家嘴楚墓竹簡、1987 年湖南慈利石板村 36 號戰國竹簡、1992 年江陵磚瓦廠 M370 楚墓竹簡、1993 年發現的郭店楚簡、1994 年發現的新蔡葛陵楚簡及上海博物館從香港文物市場購得戰國楚簡——《上海博物館藏戰國楚竹書》，〔註2〕引發學界的重視與熱烈討論。

　　1994 年初，香港中文大學張光裕教授在香港文物市場發現了一批竹簡，

〔註1〕 王國維：《王國維遺書》，（上海：古籍出版社，1983 年）。

〔註2〕 駢宇騫：《簡帛文獻概述》，（臺北：萬卷樓圖書股份有限公司，2005 年），頁 6～11。

據估計約有一千二百餘支竹簡，即是著名的《上博楚簡》。在同年秋冬之際，又發現了一批竹簡，文字內容和第一次發現的有關，並可與之綴合，共計四百九十七支。約略計算達三萬五千字之多。〔註3〕經整理發現涉及戰國古籍八十多種，內容涵蓋儒家、道家、兵家、雜家等各方面著作，多為佚文，不見於後世。其中一些史事的記載，頗多與楚國有關。

　　在馬承源館長的帶領之下，2001 年 12 月 11 日眾所矚目的《上海博物館藏戰國楚竹書（一）》，正式發行問世，引起學界熱烈討論，投入研究，成果斐然。隔年 12 月又發行《上海博物館藏戰國楚竹書（二）》，及至 2007 年 7 月，《上海博物館藏戰國楚竹書（六）》出版，在短短六年之內，共發行了六冊，專家學者在此波戰國文字研究熱潮中所投入的心力甚鉅。2008 年 12 月底，終於發行了《上海博物館藏戰國楚竹書（七）》，依然深受戰國文字學界的注目。

第一節　研究動機與目的

　　2008 年 12 月底眾所期盼的《上海博物館藏戰國楚竹書（七）》（以下稱《上博七》）正式出版，立刻成為學術界的大事，而〈凡物流形〉即是其中一篇屬於較完整的文章，共分甲、乙二本。甲本共有簡三十支，原整理者曹錦炎認為是完整的，內容相接續，雖少數簡尾有缺損，有缺字，但可據乙本補足。全篇文字共八百四十六字（計合文、重文，不計缺文）。乙本有殘缺，現存簡二十一支，全篇文字共有六百零一字（計合文、重文），可與甲本互補校正。〔註4〕

　　自《上博七》出版以來，立刻引起學者的熱列討論，其中對〈凡物流形〉進行探究的文章為數眾多。專家學者針對簡序、文字釋讀、篇章呈顯的思想內容、文體多有探討，不一而足，但囿於時間因素，無法全面性的進行研究，職是之故，本書之研究，有下列幾個目的：

　　第一，文字考釋的精熟。研究古文字，以識字為先，字識方能通義，語

〔註3〕馬承源主編：〈前言：戰國楚竹書的發現保護和整理〉，《上海博物館藏戰國楚竹書（一）》，（上海：古籍出版社，2001 年 11 月），頁 1～2。

〔註4〕馬承源主編：《上海博物館藏戰國楚竹書（七）》，（上海：上海古籍出版社，2008 年 12 月），頁 220。

言、歷史等方面的研究才得以進行。〈凡物流形〉的文句順讀、文義闡發、內容思想，必須仰賴文字考釋的正確，因此我們希冀，藉由文字考釋能夠釐清〈凡物流形〉文體、思想等相關問題。

第二，簡序編聯。想要通釋全篇簡文，除了文字考釋正確外，簡序的正確性亦是非常重要的。《上博七》甫一出版，率先提出重編釋文的爲復旦大學研究生讀書會〈《上博（七）·凡物流形》重編釋文〉〔註5〕一文，認爲在竹簡編聯、釋文、注釋等方面仍可進一步討論，於是將簡序進行調整。其後李銳〈《凡物流形》釋文新編（稿）〉〔註6〕，亦認爲原考釋者，忽略了簡文中大量的押韻現象，而使得簡序編聯上存有問題，並且將甲本簡 27 排除於甲本之外。在此基礎上，筆者希望能夠綜合各家說法而能提出重編簡序，以期能夠對於〈凡物流形〉一文有更好的詮釋。

第三、文本解讀的幫助。文字考釋和文句釋讀問題，一直是文字研究者主要焦點。但在文本的解讀，往往限於各家釋字不同、斷句不同、釋義不同，以致於同一文本，說者多家，各執一辭，互不相讓。本文將藉由考釋簡文文字的字形、字義，並與之甲骨、金文、各系戰國文字、秦漢文字進行系統比較，以期能補充或糾正過去的說法。

第二節 研究方法與步驟

戰國文字是特殊的歷史背景下產生的一種古文字，在此因素下，決定我們在考釋戰國文字時，一方面要注意文字的歷史發展，另一方面也要注意文字的地域關係，不但要掌握古文字的一般演變規律，更要掌握戰國文字的特殊規律。楊樹達先生曾說過「每釋一器，首求字形之無牾，終期文義之大安……義有不合，則活用其字形，借助於文法，乞靈於聲韻，以通假讀之。」〔註7〕這段話點出，研究文字時，必須兼顧字的形、音、義三方面。因此，筆者在

〔註5〕 復旦大學出土文獻與古文字研究中心研究生讀書會：〈《上博（七），凡物流形》重編釋文〉，鄔可晶執筆。2008 年 12 月 31 日。網址：http://www.gwz.fudan.edu.cn/SrcShow.asp?Src_ID=581

〔註6〕 李銳：〈《凡物流形》釋文新編（稿）〉，2008 年 12 月 31 日。網址：http://www.confucius2000.com/qhjb/fwlx1.htm

〔註7〕 楊樹達：《積微居金文說》（增訂本），（北京：中華書局，2004 年重印本），頁 1。

參考專家學者對古文字提出研究方法後，本文擬以下列方法進行研究。

（一）研究方法

1、歷史比較法

歷史比較法爲考釋古文字提供了廣闊的參照領域，亦是研究古文字的起點是屬於縱向的比較。文字並不是孤立存在的不變形體，隨著時代變遷，在發展演變過程中呈現不同的樣貌。在使用這個方法時何琳儀先生提出要注意的幾點：

（1）比較的對象應是明確無疑的可識字。

（2）比較的中間環節可能準確。

（3）比較的結果應置於具體例辭中驗證。〔註8〕

筆者將運用此方法在文字考釋上，藉由甲骨文、金文及至戰國楚簡字形的變化的相同、相異性，來判別應屬何字，該如何解釋。

2、同域比較法

同域比較法，是側重於同一地區或是同一國家文字的比較，目前已經有許多楚國簡牘出土。在研究上博楚簡字形的同時，不僅要有時空的觀念，也要有相同地域上的概念。因爲地形上的阻隔，在相同區域的文字，大致上會有相同演變的關係。所以，在研究戰國楚系文字時，理當就會與同域的相關文字資料進行比較，進而取得更爲精密的研究。具體的比較方法大致有下列幾點：

（1）將未識的特殊形體與同一地區或同一國家的文字互相比較。

（2）找出其共同的特點，與通常的形體相互比較。

（3）縝密的觀察文字演變蹤跡、文字結構的因襲關係，找出歧異之處。筆者擬定在本書的第三章「〈凡物流形〉考釋」，這一章節中，運用此方法，盼能對於文字考釋多有助益。

3、偏旁分析法

偏旁分析乃是透過文字上相似的部件進形分析比對，以解決部分看似相同而實際上相異的文字，得到更正確的釋讀。唐蘭《古文字學導論》曾說到：

〔註8〕何琳儀：《戰國文字通論》訂補，（南京：江蘇教育出版社，2003年1月第1版），頁269。

> 孫詒讓是最能用偏旁分析法的。……他的方法是把已認識的古
> 文字，分析做若干單體——就是偏旁，再把每一個單體的各種不同
> 的形式集合起來，看牠們的變化；等到遇見大眾所不認識的字，也
> 只要把來分析做若干單體，假使各個單體都認識了，再合起來認識
> 那一個字，這種方法，雖未必便能認識難字，由此認識的字，大抵
> 總是顛撲不破的。〔註9〕

由此可知，經由偏旁分析法，是可以幫助我們對於容易相混的字形徹底的
釐清。

4、辭例推勘法

戰國文字異文繁多，音義不明，有些字形相當難以釋讀，但可尋繹文義
結果，就可以由上下文推知其意義，如本書〈凡物流形〉中，有一個很特殊
的「」字，原考釋者曹錦炎將之釋爲「貌」〔註10〕，沈培以爲此字應爲「一」：

> 「其實此字就是「一」字。甲本第 21 簡說：聞之曰：一生兩，
> 兩生晶（三），晶（三）生四，四成結。這是證明此字爲「一」的堅
> 強證據。」〔註11〕

沈培利用了辭例推勘法，在文義釋讀上解決了字音上的問題，雖然在字形隸定
上，仍有學者持有不同的意見〔註12〕，但是皆主張可釋爲「一」，基本上已解決
了文義的問題。

各種研究方法都有其優越性，相反的，也有其不足之處。因此，研究方法
是提供筆者研究上的方便，但是也要特別注意到其限制處，不能過於拘泥於某
一方法，造成研究上的偏頗。

〔註9〕　唐蘭：《古文字學導論》，（臺北：樂天出版社，1970 年 9 月初版）。

〔註10〕　馬承源主編：《上海博物館藏戰國楚竹書（七）‧凡物流形》，（上海：上海古籍出
版社，2008 年 12 月），頁 256。

〔註11〕　沈培：略說《上博（七）》新見的「一」字，上海：復旦大學出土文獻與古文字研
究中心，http://www.gwz.fudan.edu.cn/SrcShow.asp?Src_ID=582，2008.12.31。

〔註12〕　關於〈凡物流形〉的 字，尚有楊澤生隸定爲「𢆶」、孫合肥隸定爲「兒」等不同
的隸定。此字將於本書第三章第三節「察道」章進行討論。

第三節　〈凡物流形〉目前研究概況

　　《上海博物館藏戰國楚竹書（七）》經由上海博物館整理後，於 2008 年12 月底出版，此次內容共有〈武王踐阼〉、〈鄭子家喪〉甲、乙二本、〈君人者何必安哉〉甲、乙二本、〈凡物流形〉甲、乙二本、〈吳命〉等五篇，其中〈凡物流形〉甲本現存三十簡，大多為完簡，其間有殘缺佚漏之處，可藉由〈凡物流形〉乙本對勘而得，其內容論及自然、萬物生成、人事變化之徵兆以及黃老道家相關的哲理思想。

　　由於發表的篇章過多，限於篇幅，筆者今以發表時間為經，以論文為緯，整理成「〈凡物流形〉研究成果一覽表」，並詳列其作者、發表日期、篇名、出處，並對論文內容的重點摘要。列表如下：

【上博簡〈凡物流形〉研究成果一覽表】〔註13〕

序號	作者	發表日期	篇名	出處/內容	備註
1	復旦大學出土文獻與古文字研究中心研究生讀書會	2008.12.31	《上博（七）·凡物流形》重編釋文	（1）復旦大學出土文獻與古文字研究中心，網址：http://www.gwz.fudan.edu.cn/SrcShow.asp?Src_ID=581 （2）第一個編聯組：簡 1+2+3+4+5+6+7+8+9+10+11+12A+13B+14+13A+12B+22+23+17 （3）簡 27 為單編一組。 （4）第三個編聯組：16+26+18+15+24+25+21 （5）第四個編聯組：19+20+29+30	
2	沈培	2008.12.31	略說《上博（七）》新見的「一」字	（1）復旦大學出土文獻與古文字研究中心，網址：http://www.gwz.fudan.edu.cn/SrcShow.asp?Src_ID=582 （2）將 隸定為「一」。	
3	郭永秉	2008.12.31	由〈凡物流形〉「鳶」字寫法推測郭店《老子》甲組與「腏」相當之字應為「鳶」字變體	（1）復旦大學出土文獻與古文字研究中心，網址：http://www.gwz.fudan.edu.cn/SrcShow.asp?Src_ID=583 （2）由《凡物流行》（甲本）簡 26 、（乙本）簡 19 ，推測郭店簡「」（腏）應為「鳶」之變體。	

〔註13〕由於論文截稿日，因此本篇論文所探討的研究文獻，僅收錄 2010 年 3 月 30 日為止。

4	李銳	2008. 12.31	〈凡物流形〉 釋文新編 （稿）》	（1）清華大學簡帛研究（孔子 2000），網 址：http://www.confucius2000.com/ qhjb/fwlx1.htm （2）簡序編聯爲：1~11+12A+13B+14+15+ 24+25+21+13A+12B+26+18+28+16+ 22+23+17+19+20+29+30 （3）將簡 27 排除甲本外，但仍存疑。	
5	李銳	2008. 12.31	〈凡物流形〉 釋讀箚記	（1）清華大學簡帛研究（孔子 2000）， 網址：http://www.confucius2000.com/ qhjb/fwlx2.htm （2）考釋簡 3「虗」字、簡 8「聞之曰」用 法、簡 17「豸」字、簡 21「一」字。	
6	廖名春	2008. 12.31	〈凡物流形〉 校讀零箚 （一）	（1）清華大學簡帛研究（孔子 2000），網 址：http://www.confucius2000.com/ qhjb/fwlx3.htm （2）釋「凡物流行，流體成形」、「奚呱而 鳴」、「奚後之奚先」、「左右之請」、「五 言在人」、「九折詘晦」、「孰爲之逢」、 「其來亡厇」、「日之有珥，將何聖」、 「月之有暈，將何正」、「奚故少佳暲 豉聞」、等文句。	
7	廖名春	2008. 12.31	〈凡物流形〉 校讀零箚 （二）	（1）清華大學簡帛研究（孔子 2000），網 址：http://www.confucius2000.com qhjb/fwlx4.htm （2）釋「聞之曰：識道，坐不下席，端 冕」、「至情而智，識智而神」、「【識 通】而僉，識僉而困」、「厇於身稽 之」、「得一而煮之」、「得一而思之， 若併天下而治之，此一以爲天起旨 之」、「忻之可見，操之可操；揉之 則失，敗之則槁」 （3）甲本簡 16 的位置	
8	羅小華	2008. 12.31	《凡勿流型》甲 本選釋五則	（1）武漢大學簡帛網，網址：http://www. bsm.org.cn/show_article.php?id=922 （2）考釋「▆」「▆」、「▆」、「▆」、「▆」、 「▆」等字。	
9	季旭昇	2009. 01.01	上博七芻議	（1）復旦大學出土文獻與古文字研究中 心，網址：http://www.gwz.fudan.edu. cn/SrcShow.asp?Src_ID=588 （2）考釋「厡（凥）」字 [註14]。	

〔註14〕季師旭昇 2009 年 1 月 8 日於台灣師範大學國文所「戰國文字研究」課堂上指出，
　　　 此字經詳細比對過圖版後，其字形無疑應爲「処（處）」字。

10	李銳	2009.01.01	〈凡物流形〉釋讀箚記（續）	（1）清華大學簡帛研究（孔子2000），網址：http://www.confucius2000.com/admin/list.asp?id=3866 （2）考釋簡15「宁」字、簡19「是」字。 （3）簡16與簡26的編聯。	
11	何有祖	2009.01.01	〈凡物流形〉箚記	（1）武漢大學簡帛網，網址：http://www.bsm.org.cn/show_article.php?id=925 （2）考釋簡4「囚」、「佳」、簡14「■」、簡27「敬」、「癉」、簡27「尻」、簡24、25「凡」、「察」等字。	（收稿日為2008/12/31）
12	孫飛燕	2009.01.01	讀〈凡物流形〉箚記	（1）清華大學簡帛研究（孔子2000），網址：http://www.confucius2000.com/admin/list.asp?id=3862 （2）考釋簡4「齊」字、簡14「■飄」、簡26「六」、「揀」、「夼」等字。	
13	吳國源	2009.01.01	《上博（七）凡物流形》零釋	（1）清華大學簡帛研究（孔子2000），網址：http://www.confucius2000.com/qhjb/fwlx5.htm （2）考釋簡1「凸」「型」、簡2「厔」、簡3「左右」、「請」、「五厇」、「天地立始立終」、簡4「奚衡奚縱」、「五言」、九區」、簡5「妖」、簡6「疆」、簡8「味」、簡10「聖」、「正」、簡25「此」、「惻」等字句。	
14	蘇建洲	2009.01.02	《上博七‧凡物流形》「一」、「逐」小考	（1）復旦大學出土文獻與古文字研究中心，網址：http://www.gwz.fudan.edu.cn/SrcShow.asp?Src_ID=597 （2）考釋「一」、「逐」二字。	
15	季旭昇	2009.01.02	上博七芻議（二）：凡物流形	（1）武漢大學簡帛網，網址：http://www.bsm.org.cn/show_article.php?id=934 （2）考釋簡4「九區出諄，孰為之逆」、簡5-6「骨肉之既靡，其智愈暲（障），其夬（缺）奚適？孰知其疆？」、簡6-7「鬼生於人，吾奚故事之？骨肉之既靡，身體不見，吾奚自飲之？其來亡厇（託），吾奚時之窒？」、簡27「敭（揚）脖（肶）而豊（禮），並（屏）燹（氣）而言，不遧（失）丌（其）所。然，古（故）曰孼（賢）？味（和）佣（朋）味（和）燹（氣），向聖好也」、簡15「坐而思之，每（謀）於千里；記（起）而甬（用）之，練（陳）於四（海）」，等文句。	所列文句為原考釋隸定

16	陳偉	2009.01.02	讀〈凡物流形〉小箚	（1）武漢大學簡帛網，網址：http://www.bsm.org.cn/show_article.php?id=932 （2）考釋簡1「既成既生，奚寡而鳴」、簡11-12「孰爲天？孰爲地？孰爲雷神？孰爲啻（帝）？」、簡13A~12B「遠之察天，尼（從心，邇）之察人」、簡23「卬而視之，伏而望之」等文句。	
17	羅小華	2009.01.03	〈凡物流形〉所載天象解釋	（1）武漢大學簡帛網，網址：http://www.bsm.org.cn/show_article.php?id=942 （2）解釋「日珥」、「日暈」、「兩小兒辯日」現象。	
18	凡國棟	2009.01.03	也說〈凡物流形〉之「月之有軍（暈）」	（1）武漢大學簡帛網，網址：http://www.bsm.org.cn/show_article.php?id=941 （2）考釋：「月之有暈」。	
19	范常喜	2009.01.03	《上博七·凡物流形》短箚一則	（1）武漢大學簡帛網，網址：http://www.bsm.org.cn/show_article.php?id=940 （2）考釋：「囚」、「詶」、「𦍒」字。	
20	宋華強	2009.01.03	《上博七·凡物流形》箚記四則	（1）武漢大學簡帛網，網址：http://www.bsm.org.cn/show_article.php?id=938 （2）考釋：簡2「水火之和，奚得而不𢎛」、簡10「月之又（有）軍，將可（何）正（征）？」、簡15「坐而思之，𡥈於千里；𢓊起而用之，於四海。」、簡14「夫雨之至，孰𩁝飆而迸之？」。	
21	凡國棟	2009.01.03	上博七〈凡物流形〉簡4「九囿出牧」試說	（1）武漢大學簡帛網，網址：http://www.bsm.org.cn/show_article.php?id=937 （2）考釋：簡4「九囿出牧」。	
22	季旭昇	2009.01.03	上博七芻議（三）：凡物流形	（1）復旦大學出土文獻與古文字研究中心，網址：http://www.gwz.fudan.edu.cn/SrcShow.asp?Src_ID=603 （2）考釋：簡1「凡物流形」、簡2「佥（陰）昜（陽）之𡉚〈夷－濟〉，系（奚）尋（得）而固？水火之和，系（奚）尋（得）而不宜（𥓚－差）？」簡7「窒（隋）祭員（煮）系（奚）迸（升－登），虔（吾）女（如）之可（何）思（使）𣤶（飽）」等字形與句義。	
23	沈培	2009.01.03	上博七字詞補說二則	（1）復旦大學出土文獻與古文字研究中心，網址：http://www.gwz.fudan.edu.cn/SrcShow.asp?Src_ID=605 （2）考釋：簡4「九囿出誨，孰爲之佳？」	

24	單育辰	2009.01.03	佔畢隨錄之八	（1）復旦大學出土文獻與古文字研究中心，網址：http://www.gwz.fudan.edu.cn/SrcShow.asp?Src_ID=606 （2）考釋：簡7「窆」字。	
25	李銳	2009.01.03	〈凡物流形〉釋讀劄記（再續）（重訂版）	（1）清華大學簡帛研究（孔子2000），網址：http://www.confucius2000.com/admin/list.asp?id=3885 （2）簡序編聯。	
26	孫飛燕	2009.01.04	讀〈凡物流形〉劄記（二）	（1）清華大學簡帛研究（孔子2000），網址：http://www.confucius2000.com/admin/list.asp?id=3886 （2）考釋：簡10「習」、簡11「鼓」二字。	
27	秦樺林	2009.01.04	楚簡〈凡物流形〉中的「危」字	（1）武漢大學簡帛網，網址：http://www.bsm.org.cn/show_article.php?id=950 （2）考釋：簡2「危」字。	
28	凡國棟	2009.01.04	上博七〈凡物流形〉劄記一則	（1）武漢大學簡帛網，網址：http://www.bsm.org.cn/show_article.php?id=948 （2）考釋：簡16「箸（書）不與（預）事」。	
29	曹方向	2009.01.04	關於〈凡物流形〉的「月之有輪」	（1）武漢大學簡帛網，網址：http://www.bsm.org.cn/show_article.php?id=946 （2）考釋：簡10「月之又（有）軍（輪），將可（何）正（征）？」。	
30	秦樺林	2009.01.04	楚簡〈凡物流形〉劄記二則	（1）武漢大學簡帛網，網址：http://www.bsm.org.cn/show_article.php?id=944 （2）考釋：簡11「端」、簡24「僉」字。	
31	凡國棟	2009.01.05	上博七〈凡物流形〉簡25「天弌」解	（1）武漢大學簡帛網，網址：http://www.bsm.org.cn/show_article.php?id=953 （2）考釋：簡25「天弌」。	
32	何有祖	2009.01.05	〈凡物流形〉補釋一則	（1）武漢大學簡帛網，網址：http://www.bsm.org.cn/show_article.php?id=952 （2）考釋：簡27「▓」。	
33	范常喜	2009.01.05	《上博七·凡物流形》「令」字小議	（1）武漢大學簡帛網，網址：http://www.bsm.org.cn/show_article.php?id=951 （2）考釋：簡27「窒」字。	
34	曹峰	2009.01.05	〈凡物流形〉中的「左右之情」（修訂版）	（1）清華大學簡帛研究（孔子2000），網址：http://www.confucius2000.com/admin/list.asp?id=3887 （2）考釋：簡3「左右之情」。	
35	宋華強	2009.01.06	《上博（七）·凡物流形》散劄	（1）武漢大學簡帛網，網址：http://www.bsm.org.cn/show_article.php?id=958 （2）考釋：簡6-7「其來亡宅（度），吾奚時（待）之▓」、簡20「一言而禾不	

			窮，一言而又（有）眾。」、簡27「墙而豐，屏氣而言，不迻其所然。故曰：孥禾佣，和氣室聖，好色」。	
36	徐在國	2009.01.06	談上博七〈凡物流形〉的「詧」字	（1）復旦大學出土文獻與古文字研究中心，網址：http://www.gwz.fudan.edu.cn/SrcShow.asp?Src_ID=631 （2）考釋「◆（詧）」字。	
37	鄔可晶	2009.01.07	談《上博（七）・凡物流形》甲乙本編聯及相關問題	（1）復旦大學出土文獻與古文字研究中心，網址：http://www.gwz.fudan.edu.cn/SrcShow.asp?Src_ID=636 （2）甲本「14+13A」和「16+26+18+28+15」的編聯理由。 （3）乙本編聯及其缺簡字數之謎。	
38	凡國棟	2009.01.07	上博七〈凡物流形〉簡2小識	（1）武漢大學簡帛網，網址：http://www.bsm.org.cn/show_article.php?id=960 （2）考釋：簡2「屄」、「碰」二字。	
39	李銳	2009.01.08	〈凡物流形〉釋讀劄記（二續）	（1）清華大學簡帛研究（孔子2000），網址：http://www.confucius2000.com/admin/list.asp?id=3888 （2）考釋：簡1「凡物流形，奚得而成？」、簡2、3「民人流形，奚得而生？流形成體，奚失而死，又得而成，未知左右之請（情）」、簡4「九囿出誨，孰為之佳乎」、簡11、12A、13B「數聞天孰高與（魚），地孰遠與（魚）；孰為天（眞）？孰為地（歌）？孰為雷電（眞）？孰為嗇？土奚得而平（耕）？水奚得而清（耕）？卉木奚得而生（耕）？禽獸奚得而鳴（耕）？」、簡15的「通於四海」。	
40	凡國棟	2009.01.08	上博七校讀雜記	（1）武漢大學簡帛網，網址：http://www.bsm.org.cn/show_article.php?id=961 （2）考釋：簡6-7「◆（竈）」字、簡20「瘖（窮）」。	
41	秦樺林	2009.01.09	〈凡物流形〉第二十一簡試解	（1）復旦大學出土文獻與古文字研究中心，網址：http://www.gwz.fudan.edu.cn/SrcShow.asp?Src_ID=642 （2）考釋：簡21「◆（母）」。	
42	熊立章	2009.01.09	續釋「春」及《上博七》中的幾個字	（1）武漢大學簡帛網，網址：http://www.bsm.org.cn/showarticles.php?class=0 （2）考釋：簡15「敷於四海」。	

43	李銳	2009.01.10	〈凡物流形〉甲乙本簡序再論	（1）清華大學簡帛研究（孔子 2000），網址：http://www.confucius2000.com/admin/list.asp?id=3890 （2）回應鄔可晶先生《談〈上博（七）・凡物流形〉甲乙本編聯及相關問題》一文	
44	陳志向	2009.01.10	〈凡物流形〉韻讀	（1）復旦大學出土文獻與古文字研究中心，網址：http://www.gwz.fudan.edu.cn/SrcShow.asp?Src_ID=645 （2）韻部暫從王力戰國三十部系統，對〈凡物流形〉用韻進行梳理。	
45	曹峰	2009.01.10	〈凡物流形〉的「少徹」和「少成」——「心不勝心」章疏證	（1）清華大學簡帛研究（孔子 2000），網址：http://www.confucius2000.com/admin/list.asp?id=3891 （2）考釋：簡 18「少徹」、簡 28「少成」。	
46	孟蓬生	2009.01.12	說〈凡物流形〉之「祭員」	（1）復旦大學出土文獻與古文字研究中心，網址：http://www.gwz.fudan.edu.cn/SrcShow.asp?Src_ID=649 （2）考釋簡 7「窒」、「員」字	
47	劉信芳	2009.01.13	〈凡物流形〉櫖祭及相關問題	（1）武漢大學簡帛網，網址：http://www.bsm.org.cn/show_article.php?id=968 （2）考釋簡 7「𡥈」及栖祭相關說法、簡 7「歔、簡 8「逐」字。	
48	楊澤生	2009.01.14	《上博七》補說	（1）復旦大學出土文獻與古文字研究中心，網址：http://www.gwz.fudan.edu.cn/SrcShow.asp?Src_ID=656 （2）考釋簡 1「募」字及多處可見的「𢦏」字、〈凡物流形〉句讀符號。	
49	禤健聰	2009.01.14	上博（七）零箚三則	（1）武漢大學簡帛網，網址：http://www.bsm.org.cn/show_article.php?id=970 （2）考釋簡 20「一言而蔽不苞」句。	
50	蘇建洲	2009.01.14	釋〈凡物流形〉甲 15「通於四海」	（1）復旦大學出土文獻與古文字研究中心，網址：http://www.gwz.fudan.edu.cn/SrcShow.asp?Src_ID=653 （2）釋簡 15「通於四海」句。	
51	侯乃峰	2009.01.16	上博（七）字詞雜記六則	（1）復旦大學出土文獻與古文字研究中心，網址：http://www.gwz.fudan.edu.cn/SrcShow.asp?Src_ID=665 （2）考釋簡 2「座」（挫）、簡 15「汩」（日）	
52	高佑仁	2009.01.16	釋〈凡物流形〉簡 8 之「通天之明奚得？」	（1）武漢大學簡帛網，網址：http://www.bsm.org.cn/show_article.php?id=972 （2）考釋簡 8「通天之明奚得？」句。	

53	叢劍軒	2009.01.17	也說〈凡物流形〉的所謂「敬天之明」	（1）武漢大學簡帛網，網址：http://www.bsm.org.cn/show_article.php?id=975 （2）考釋簡 8「敬天之明」句	
54	蘇建洲	2009.01.17	〈凡物流形〉「問日」章試讀	（1）復旦大學出土文獻與古文字研究中心，網址：http://www.gwz.fudan.edu.cn/SrcShow.asp?Src_ID=668 （2）考釋「䎽」、「方」、「詎」三字。	
55	單育辰	2009.01.19	佔畢隨錄之九	（1）武漢大學簡帛網，網址：http://www.bsm.org.cn/show_article.php?id=977 （2）簡 27 應歸入「上博六」《慎子曰恭儉》。	
56	蘇建洲	2009.01.20	釋〈凡物流形〉「一言而力不窮」	（1）復旦大學出土文獻與古文字研究中心，網址：http://www.gwz.fudan.edu.cn/SrcShow.asp?Src_ID=674 （2）釋「一言而力不窮」句。	
57	淺野裕一	2009.02.02	〈凡物流形〉的結構新解	（1）武漢大學簡帛網，網址：http://www.bsm.org.cn/show_article.php?id=981 （2）重新編連，提出新解。	
58	劉雲	2009.02.08	說《上博七·凡物流形》中的「巽」字	（1）復旦大學出土文獻與古文字研究中心，網址：http://www.gwz.fudan.edu.cn/SrcShow.asp?Src_ID=689 （2）考釋簡 23「巽」字。	
59	蘇建洲	2009.02.10	〈凡物流形〉甲 27「齊聲好色」試解	（1）復旦大學出土文獻與古文字研究中心，網址：http://www.gwz.fudan.edu.cn/SrcShow.asp?Src_ID=690 （2）考釋簡 27「齊聲好色」。	
60	楊澤生	2009.02.18	上博簡〈凡物流形〉中的「一」字試解	（1）復旦大學出土文獻與古文字研究中心，網址：http://www.gwz.fudan.edu.cn/SrcShow.asp?Src_ID=695 （2）釋「一」。	
61	顧史考	2009.02.23	上博七〈凡物流形〉簡序及韻讀小補	（1）武漢大學簡帛網，網址：http://www.bsm.org.cn/show_article.php?id=994 （2）談〈凡物流形〉簡序及韻讀。	
62	王中江	2009.03.03	〈凡物流形〉編聯新見	（1）武漢大學簡帛網，網址：http://www.bsm.org.cn/show_article.php?id=998 （2）簡序編聯。	
63	楊澤生	2009.03.07	說〈凡物流形〉從「少」的兩個字	（1）武漢大學簡帛網，網址：http://www.bsm.org.cn/show_article.php?id=999 （2）考釋「敩」、「省」二字。	
64	曹峰	2009.03.09	從《老子》的「不見而名」說〈凡物流形〉的一處編聯	（1）清華大學簡帛研究（孔子 2000），網址：http://jianbo.sdu.edu.cn/admin3 2009/caofeng001.htm （2）論簡 21+13A	

65	曹峰	2009.03.09	從《逸周書·周祝解》看〈凡物流形〉的思想結構	（1）清華大學簡帛研究（孔子2000），網址：http://jianbo.sdu.edu.cn/admin3/2009/caofeng002.htm （2）探析〈凡物流形〉思想結構。	
66	陳峻誌	2009.03.14	〈凡物流形〉之「天咸」即「咸池」考	（1）武漢大學簡帛網，網址：http://www.bsm.org.cn/show_article.php?id=1002 （2）考釋「天咸」一詞。	
67	張崇禮	2009.03.15	釋〈凡物流形〉的「端文書」	（1）復旦大學出土文獻與古文字研究中心，網址：http://www.gwz.fudan.edu.cn/SrcShow.asp?Src_ID=724 （2）釋「端文書」一詞。	
68	張崇禮	2009.03.19	釋〈凡物流形〉的「其夬奚適，孰知其疆」	（1）復旦大學出土文獻與古文字研究中心，網址：http://www.gwz.fudan.edu.cn/SrcShow.asp?Src_ID=728 （2）釋「其夬奚適，孰知其疆」句。	
69	張崇禮	2009.03.20	〈凡物流形〉新編釋文	（1）復旦大學出土文獻與古文字研究中心，網址：http://www.gwz.fudan.edu.cn/SrcShow.asp?Src_ID=730 （2）簡序編聯。	
70	鄔可晶	2009.04.11	上博（七）·凡物流形》補釋二則	（1）復旦大學出土文獻與古文字研究中心，網址：http://www.gwz.fudan.edu.cn/SrcShow.asp?Src_ID=747 （2）釋簡2「尻」、簡17 █二字。	
71	凡國棟	2009.04.21	上博七〈凡物流形〉甲7號簡從「付」凡國棟之字小識	（1）武漢大學簡帛網，網址：http://www.bsm.org.cn/show_article.php?id=1032 （2）考釋簡7「付」字。	
72	陳惠玲	2009.04.22	凡物流形》簡3「左右之請」考	（1）復旦大學出土文獻與古文字研究中心，網址：http://www.gwz.fudan.edu.cn/SrcShow.asp?Src_ID=756 （2）釋簡3「左右之請」句。	
73	陳惠玲	2009.04.22	「〈凡物流形〉簡3「左右之請」考」補釋	（1）復旦大學出土文獻與古文字研究中心，網址：http://www.gwz.fudan.edu.cn/SrcShow.asp?Src_ID=757 （2）釋簡3「左右之請」句。	
74	曹峰	2009.05.19	釋〈凡物流形〉中的「箸不與事」	（1）清華大學簡帛研究（孔子2000），網址：http://jianbo.sdu.edu.cn/admin3/2009/caofeng003.htm （2）釋「箸不與事」句。	
75	李松儒	2009.06.05	〈凡物流形〉甲乙本字跡研究	（1）武漢大學簡帛網，網址：http://www.bsm.org.cn/show_article.php?id=1066 （2）甲、乙本字跡研究。	

76	單育辰	2009. 06.05	上博七〈凡物流形〉、《吳命》箚記（修訂）	（1）武漢大學簡帛網，網址：http://www. bsm.org.cn/show_article.php?id=1065 （2）簡序編連及簡27的歸屬問題。	
77	陳偉	2009. 06.19	凡物流形》「五度」句試說	（1）武漢大學簡帛網，網址：http://www. bsm.org.cn/show_article.php?id=1094 （2）釋「五度」一詞。	
78	宋華強	2009. 06.20	〈凡物流形〉「五音才人」試解	（1）武漢大學簡帛網，網址：http://www. bsm.org.cn/show_article.php?id=1098 （2）釋「五音才人」一詞。	
79	宋華強	2009. 06.23	〈凡物流形〉甲本 5－7 號部分簡文釋讀	（1）武漢大學簡帛網，網址：http://www. bsm.org.cn/show_article.php?id=1102 （2）釋「夬」、「童」、「疆」等字。	
80	宋華強	2009. 06.28	〈凡物流形〉「遠之步天」試解	（1）武漢大學簡帛網，網址：http://www. bsm.org.cn/show_article.php?id=1106 （2）釋「遠之步天」句。	
81	宋華強	2009. 06.30	〈凡物流形〉「之知四海」新說	（1）武漢大學簡帛網，網址：http://www. bsm.org.cn/show_article.php?id=1107 （2）釋「之知四海」一句。	
82	宋華強	2009. 07.11	〈凡物流形〉「上干於天，下蟠於淵」試解	（1）武漢大學簡帛網，網址：http://www. bsm.org.cn/show_article.php?id=1111 （2）釋「上干於天，下蟠於淵」一句。	
83	曹峰	2009. 08.21	上博楚簡〈凡物流形〉「四成結」試解	（1）簡帛研究，網址：http://jianbo.sdu.edu. cn/admin3/2009/caofeng004.htm （2）釋「四成結」一句之思想。	
84	顧史考	2009. 08.23	上博七〈凡物流形〉上半篇試探	（1）復旦大學出土文獻與古文字研究中心，網址：http://www.gwz.fudan.edu.cn/SrcShow.asp?Src_ID=875 （2）主張簡序為：甲本：1－11、12a+13b、14、16、26、18、28、15、24－25、21、13a+12b、22－23、17、19－20、29、30（共二十九整簡）；乙本：1－3、4+11b、5－8、缺、9、10a+11a、19、13a+20、21+10b、17－18、缺、缺、15、16+12、13b+14a、14b、22（共二十三整簡）。 （3）限於篇幅，甲本：1－11、12a+13b、14先行討論，為上篇。	
85	顧史考	2009. 08.24	上博七〈凡物流形〉下半篇試解	（1）復旦大學出土文獻與古文字研究中心，網址：http://www.gwz.fudan.edu.cn/SrcShow.asp?Src_ID=876	

			（2）針對甲本：16、26、18、28、15、24－25、21、13a+12b、22－23、17、19－20、29、30 進行討論，爲下篇。
86	宋華強	2009.08.29	〈凡物流形〉零箚	（1）武漢大學簡帛網，網址：http://www.bsm.org.cn/show_article.php?id=1137（2）考釋簡 19□字。（3）甲本 24-25、乙本 17-18：「是故陳爲新，人死復爲人，水復於天咸，百物不死如月。」一句。（4）甲本 30：「之 B 古之力乃下上（？）」。
87	王中江	2009.10.23	〈凡物流形〉的宇宙觀、自然觀和政治哲學——圍繞「一」而展開的探究並兼及學派歸屬	（1）簡帛研究，網址 http://jianbo.sdu.edu.cn/admin3/2009/wangzhongjiang002.htm（2）探究〈凡物流形〉的宇宙觀、自然觀和政治哲學
88	陳麗桂	2009.12.19	上博（七）〈凡物流形〉前後文之義理對應與「察一」哲學	（1）紀念里安林尹教授百歲誕辰學術研討會論文集（下），臺北：文史哲出版社。（2）探究〈凡物流形〉之義理及「察一」哲學
89	曹峰	2010.01.11	再論〈凡物流形〉的「少徹」與「訬成」	（1）簡帛研究，網址 http://jianbo.sdu.edu.cn/admin3/2010/caofeng001.htm（2）少徹、訬成一詞探究
90	曹峰	2010.01.11	再論〈凡物流形〉的「箸不與事」	（1）簡帛研究，網址 http://jianbo.sdu.edu.cn/admin3/2010/caofeng002.htm（2）「箸不與事」探究
91	曹峰	2010.03.30	上博楚簡〈凡物流形〉的文本結構與思想特徵	（1）清華大學簡帛研究，網址 http://www.confucius2000.com/admin/list.asp?id=4362（2）針對〈凡物流形〉文本結構及其思想進行討論

以上即爲《上海博物館藏戰國楚竹書・凡物流形》之研究篇章整理。

第二章　〈凡物流形〉簡的編聯

　　〈凡物流形〉有甲、乙兩本，據原考釋者曹錦炎的整理甲本完整，共有 30 支簡，內容相接續，其中少數簡雖首尾略有殘損，有缺字，但可據乙本補足。〔註1〕經曹錦炎整理過的竹簡中，其中第 12 簡及第 13 簡，是由曹錦炎綴合而完成的簡。學者發現第 12 簡及第 13 簡，又可各分為 A、B 二簡，即第 12 簡分為簡 12A、簡 12B；第 13 簡分為簡 13A 及簡 13B。而乙本殘缺的情況較為嚴重，現存竹簡 21 支。

　　甲本完簡長度為 33.6 釐米，每簡書寫字數不等，一般為 27 字至 30 字，個別最少為 25 字，最多為 32 字，全篇文字共存 846 字。乙本完簡長度為 40 釐米，每簡書寫字數一般在 37 字左右，略有上下。

第一節　〈凡物流形〉甲篇第 27 簡的歸屬問題

　　關於〈凡物流形〉甲篇第 27 簡（後以【凡甲 27】代之）的歸屬問題，目前有學者傾向【凡甲 27】不歸本篇，本書亦贊同此說法。以下將先進行【凡甲 27】的文字考釋，其次討論【凡甲 27】的歸屬問題。

〔註1〕馬承源主編：《上海博物館藏戰國楚竹書（七）》，（上海：上海古籍出版社，2008 年 12 月），頁 221。

一、【凡甲 27】文字考釋

【凡甲 27】簡文作「歇（？）【1】牆（牆）【2】而豊（禮），並（屏）燰（氣）而言，不遊（失）亓（其）所然，古（故）曰鄳（賢）【3】。和尻（居）【4】和燰（氣），◇（？）聖（聲）好色【5】」

【1】歇

簡文作 ◇，原考釋曹錦炎隸作「敭」，以爲「揚」之古字。〔註2〕

何有祖疑爲「敬」字，指尊敬並以禮相待。〔註3〕

復旦讀書會隸定爲「歇」。〔註4〕羅小華亦同意之，指出楚簡「尋」與從「尋」之字習見，如：籢：◇ 郭店・成之聞之簡 34 籢：◇ 包山簡 120。

〔註5〕

心怡案：綜上學者所論，簡文 ◇ 字之隸定有三種看法，皆是針對簡文左半部殘泐部分的字形提出，首先討論隸定爲「敭」之說。戰國楚簡從「易」之字作：◇（郭・窮・9/易）、◇（郭・語四・2/傷）、◇（包2・62/陽）、◇（九56・26/易）、◇（曾1/陽），與所論簡文字形不同；而戰國楚系「敬」字作：◇（郭・緇・20）、◇（上博一・孔・5）、◇（上博二・從甲・7）、◇（上博六・天甲・9）與所論簡文字形亦不同；戰國楚系「從尋」之字，作：◇（包2・157/鄩）、◇（新甲2・22/鄩）、◇（新甲2・240/鄩）、◇（新乙1・12）、◇（上博一・孔・16/軸）、◇（上博五・鬼・7/鼕），與簡

〔註2〕 馬承源主編：《上海博物館藏戰國楚竹書（七）》，（上海：上海古籍出版社，2008年 12 月），頁 268。

〔註3〕 何有祖：〈《凡物流形》箚記〉，武漢大學簡帛網（http://www.bsm.org.cn/show_article.php?id=925，2008 年 12 月 31 日）。

〔註4〕 復旦大學出土文獻與古文字研究中心研究生讀書會：〈《上博（七）凡物流形》重編釋文〉，復旦大學出土文獻與古文字研究中心（http://www.gwz.fudan.edu.cn/SrcShow.asp?Src_ID=581，2008 年 12 月 31 日）。

〔註5〕 羅小華：〈《凡勿流型》甲本選釋五則〉，武漢大學簡帛網（http://www.bsm.org.cn/show_article.php?id=922，2008 年 12 月 31 日）。

文字形相似，本簡簡文左上部雖殘泐，但是仍可以看出左上部應是作「彐」形，故隸定爲「彀」是正確的。

【2】牆（墙）

牆簡文作形（下以△代替之）。原考釋曹錦炎隸定爲「脧」，讀爲「肫」，面頰之意。〔註6〕

何有祖認爲此字可以從「爿」爲聲，讀作「莊」。〔註7〕

復旦讀書會隸定爲「牆」，疑爲「墙」字。〔註8〕羅小華指出《上博一‧孔子詩論》簡28有個「」字與二者形體完全一致。〔註9〕

心怡案：原考釋將△字隸定爲「脧」，讀爲「肫」，似有未當。戰國楚系「從肉之字」作：（郭‧老甲‧5/能）、（郭‧太一‧4/熊）、（郭‧魯‧1/胃）、（上博一‧孔‧24/肰）、（上博二‧民‧5/胃）、（上博二‧容‧5/禽）、（上博三‧周‧31/肥）、（上博四‧曹‧55/肰）、（上博五‧鮑‧4/肰）、（上博六‧競‧2正/肰）、（包2‧145/肉）、（望1‧37/胸）、（九56‧33/祭）等形，可以發現戰國楚系的「肉」字，其最外的弧形由二筆寫成，頂端有一棱角，左邊的筆道往往出頭〔註10〕，或於肉旁加飾筆，作爲區別「月」的標誌〔註11〕。而△字學者疑似從「肉」之

〔註6〕　馬承源主編：《上海博物館藏戰國楚竹書（七）》，（上海：上海古籍出版社，2008年12月），頁268。

〔註7〕　何有祖：〈《凡物流形》箚記〉，武漢大學簡帛網（http://www.bsm.org.cn/show_article.php?id=925，2008年12月31日）。

〔註8〕　復旦大學出土文獻與古文字研究中心研究生讀書會：〈《上博（七）凡物流形》重編釋文〉，復旦大學出土文獻與古文字研究中心（http://www.gwz.fudan.edu.cn/SrcShow.asp?Src_ID=581，2008年12月31日）。

〔註9〕　羅小華：〈《凡勿流型》甲本選釋五則〉，武漢大學簡帛網（http://www.bsm.org.cn/show_article.php?id=922，2008年12月31日）。

〔註10〕　羅運環：〈論楚國金文「月肉舟」及「止之出」的演變規律〉，《江漢考古》，1989年2月，頁67～70。

〔註11〕　劉釗：《古文字構形學》，（福州：福建人民出版社，2006年1月），頁150～151。

偏旁，並無上述二個特點，且其最外的弧形亦不像「肉」或「月」有大幅度的弧形，故與「肉」的字形不同。

本文認為何有祖的說法可從，戰國楚系「牆/牆」作：（郭‧語四‧2/牆）、（上博一‧孔‧28/牆）、（包2‧170/牆），其中包山簡的字例字形與本文所論之字形同可參。但△字之隸定並非作「牆」，其實從「啚（郭、墉）」、爿聲，應隸定為「牆」，即「牆」的異體。

【3】勥（賢）

簡文作形（下以△代之）。原考釋隸定為「勥」，以為從「力」，「臤」聲，可讀為「賢」字。〔註12〕

宋華強隸定為「勥」，定從「力」，與「勞」字從「力」同意，大概是堅強之「堅」的專字。〔註13〕

心怡案：楚系簡帛「賢」字作：

1.郭‧五‧48	2.上博二‧子羔‧6	3.上博二‧子羔‧8	4.上博二從甲‧3	5.上博二‧從甲‧4
6.包山2‧73	7.包山2‧82	8.包山2‧85	9.包山2‧172	10.包山2‧182

△字與上列字例7相同，故此字隸定應從原考釋之隸定為「勥」，在本簡釋為「賢」。

【4】冞

簡文作形。原考釋曹錦炎隸作「倗」，以為「朋」字繁構。〔註14〕

〔註12〕馬承源主編：《上海博物館藏戰國楚竹書（七）》，（上海：上海古籍出版社，2008年12月），頁269。

〔註13〕宋華強：《〈上博（七）‧凡物流形〉散箚》，武漢大學簡帛網（http://www.bsm.org.cn/show_article.php?id=958，2009年1月6日）。

〔註14〕馬承源主編：《上海博物館藏戰國楚竹書（七）》，（上海：上海古籍出版社，2008年12月），頁269。

復旦讀書會亦作「倗」，疑讀「朋」或「憑」。〔註15〕

何有祖認爲應隸作「尻」，讀爲「居」：

尻，整理者作倗，復旦讀書會作「倗（朋－憑？)」。

按：簡文作█，楚簡中有近似字形作：

█（郭店《老子甲》22）

█、█（郭店《成之聞之》8、34）

█（郭店《語叢三》36）

和居，和睦相處。《魏書·釋老志》：「諸服其道者，則剃落鬚髮，

釋累辭家，結師資，遵律度，相與和居，治心修淨。」〔註16〕

心怡案：何有祖之說可從。簡文█字與楚系文字「朋」字形不同，「從朋之字」作：

█	█	█	█
1.郭·語一·87（朋）	2.郭·六·28（倗）	3.包2·230（綳）	4.上博一·緇·23（堋）
█	█	█	
5.天策（綳）	6.曾·5（綳）	7.包2·190（郱）	

由上表看出，「朋」字不論是在單字或是偏旁，其寫法固定像串貝之形，作 █、█ 等形。而戰國楚系「尻」字作 █（郭·語三·11）、█（郭·語三·36）、█（包2·3），與所論之字寫法相似，故應釋爲「尻」，讀爲「居」。

【5】█（？）聖（聲）好也（色）

本句要討論二個字，分別爲「█」及「色」二字，首先討論「█」字。

〔註15〕復旦大學出土文獻與古文字研究中心研究生讀書會：〈《上博（七）凡物流形》重編釋文〉，復旦大學出土文獻與古文字研究中心（http://www.gwz.fudan.edu.cn/SrcShow.asp?Src_ID=581，2008年12月31日）。

〔註16〕何有祖：〈《凡物流形》箚記〉，武漢大學簡帛網（http://www.bsm.org.cn/show_article.php?id=925，2009年1月1日）。

關於「（下以△代之）」字，茲將目前學者之說法敍述如下：

原考釋者曹錦炎釋定爲「向」，歸向之意。[註17]

復旦讀書會釋爲「室」。[註18]

季師旭昇認爲「室聲」應釋爲「窒聲」，即「沒有喧鬧逞氣的話語」。[註19]

范常喜改釋爲「窒」，讀爲「靈」或「令」，其義爲「美善」。[註20]

宋華強認爲釋爲「室」無誤，疑讀爲「致」，「室」、「致」皆從「至」聲，古可相通。[註21]

蘇建洲學長認爲「△」字應釋爲「齊」：

字形可參 （《鮑叔牙》08） （《鮑叔牙》08）

看得出來「△」與《鮑叔牙》08 字形非常相似，只是筆劃稍有簡省，所以「△」釋爲「齊」應無問題。古籍常見「齊聖」一詞，如

《詩・小雅・小宛》：「人之齊聖，飲酒溫克。」

《左傳・文公二年》：「子雖齊聖，不先父食久矣，故禹不先鯀，湯不先契」……。

「齊聖」一般從王引之的說法，釋爲「聰明睿智之稱。」楊伯峻先生也說：齊聖，古人常用語，《詩・小雅・小宛》「人之齊聖」，文十八年《傳》「齊聖溫（引證：應爲「廣」之誤）淵」可證。王引

[註17] 馬承源主編：《上海博物館藏戰國楚竹書（七）》，（上海：上海古籍出版社，2008年 12 月），頁 269。

[註18] 復旦大學出土文獻與古文字研究中心研究生讀書會：〈《上博（七）凡物流形》重編釋文〉，復旦大學出土文獻與古文字研究中心（http://www.gwz.fudan.edu.cn/SrcShow.asp?Src_ID=581，2008 年 12 月 31 日）。

[註19] 季師旭昇：〈上博七芻義（二）：凡物流形〉，武漢大學簡帛網（http://www.bsm.org.cn/show_article.php?id=934，2009 年 1 月 2 日）。

[註20] 范常喜：〈《上博七・凡物流形》「令」字小議〉，武漢大學簡帛網（http://www.bsm.org.cn/show_article.php?id=951，2009 年 1 月 5 日）。

[註21] 宋華強：〈《上博（七）・凡物流形》散箚〉，武漢大學簡帛網（http://www.bsm.org.cn/show_article.php?id=958，2009 年 1 月 6 日）。

之《詩經述聞》云：「齊者，知慮之敏也。」則齊聖猶言聰明聖哲。
俞樾《平議》謂「齊猶精明也，齊聖猶言明聖耳」，亦通。

但是「齊聖」的「聰明睿智」或是「聰明聖哲」之意與簡文的
「好色」顯然不能對應。「聲」、「色」相對古籍常見，所以「聖」仍
應從復旦讀書會讀爲「聲」，簡文可讀爲「齊聲好色」。季師旭昇曾
解「好色」爲「保持和悅的臉色」，即將「好」讀上聲，有美好的意
思。而「齊」，《廣韻‧齊韻》下曰：「齊，整也；中也；莊也；好也；
疾也；等也，亦州名。」正好也有「好」的意思。考慮到簡文前一
句曰：「和尻和氣」，所以「齊聲好色」也可以理解爲「好聲好色」，
意思大概是「美好的聲音與顏色」。……《漢語大辭典》則釋爲「美
好的聲音與顏色」。可供簡文釋讀參考。

還有一種思考的角度：《詩‧大雅‧皇矣》：「帝謂文王：予懷明
德，不大聲以色，不長夏以革。」「不大聲以色」者，毛傳：「不大
聲見於色。」鄭箋：「不虛廣言語，以外作容貌。」孔疏：「不大其
聲以見於顏色而加人。」戴震《考證》曰：「聲與色，謂言貌。」又
《禮記‧中庸》：「《詩》曰：『予懷明德，不大聲以色。』子曰：『聲
色之於以化民，末也。』」「聲色」即後世所謂疾言厲色或聲色俱厲，
二者在容貌情態方面可謂二而一的事情。

其次，古籍又有「齊色」、「齊顏色」一詞，如：

《禮記‧冠義》：「禮義之始，在於正容體、齊顏色、順辭令。」

《韓詩外傳‧卷一‧第十六章》：「入則撞蕤賓，而左五鐘皆應
之，以治容貌。容貌得則顏色齊，顏色齊則肌膚安。」

《大戴禮記‧曾子事父母》：「若夫坐如尸，立如齊，弗訊不言，
言必齊色，此成人之善者也，未得爲人子之道也。」

盧辯曰：「齊色，嚴敬其色。」俞樾《群經平議‧大戴禮記二‧
曾子事父母》：「言必齊色者，言必正色也。《詩‧小宛篇》：『人之齊
聖。』毛傳曰：『齊，正也。』《周易‧繫辭上傳》：『齊大小者存乎
卦』，王肅注曰：『齊猶正也。』是其義也。盧但訓爲嚴敬，於義未

盡。」「言必齊色」意思是說「說話必定是容色莊嚴端正」，於此亦可見「言（聲）」、「色」的關係密切。疑簡文「齊聲好色」是說容貌、言語端正和悅。與成語「疾言屬色」、「疾聲屬色」結構相同，而意思相反。〔註22〕

心怡案：楚文字「向」字作： (包‧二‧99) (郭‧老乙‧18)、 (郭‧緇衣‧43)、 (郭‧魯‧3) (郭‧尊‧28) (郭‧六‧3)、 (上博一‧緇‧12)、 (上博二‧容‧7) 等形，與△字字形相差甚遠，明顯不是同一個字。

其次討論將△字釋爲「室」之說。「從至之字」楚文字作： (郭‧老甲‧38/室)、 (郭‧語四‧24/室)、 (包‧2‧12/室)、 (上博二‧容‧38/室)、 (望山‧1‧75/室)、 (九店‧56‧41/室)、 (新蔡‧甲2‧8/至) (秦一三‧8/室)、 (信‧2‧21/繶)。由前列字形可以看出，「至」形有作 、 、 、 、 等形，高佑仁學長針對此點亦提出看法：

我們知道「至」字最常見的寫法是「 」、「 」、「 」、「 」等，但楚簡「至」字又常將「＝＝」以上的部件通通省作「8」，例如： (信陽長臺觀2號墓2組8號簡/砥)，妙的是楚簡「至」字本來就有將「8」改成「X」的習慣，結果「至」字也就可以寫成： (望2策/屋)。

這個寫法與「 」字看來也只是一「至」與兩「至」的差別，我在信陽簡中找到個「繶」字，字形作「 」，既然「 」可以變作「 」，那麼「 」變成《凡物流形》的「 」，似也合情合理。〔註23〕

〔註22〕蘇建洲：〈《凡物流形》甲27「齊聲好色」試解〉，復旦大學出土文獻與古文字研究（http://www.gwz.fudan.edu.cn/SrcShow.asp?Src_ID=690，2009年2月10日）。

〔註23〕高佑仁學長於「蘇建洲學長所發表的《凡物流形》甲27「齊聲好色」試解」一文後的「學者評論」中所提出的意見，詳見在復旦大學出土文獻與古文字研究

高佑仁學長對於字形的分析是非常合理的，雖然其中所舉的字例：「（望 2 策/屋）」，蘇建洲學長已指出是摹本少摹一橫畫的錯誤，原簡作「（）」形，但筆者所列的字形當中，有一個「室」字作（秦 13・8/室）形可以作爲補證，因此高佑仁學長所推論「至」有將「」改成「X」的習慣，似乎就可以成立了。本文雖不排除是「至」的可能性，但是將此字隸定爲「窒」也存有問題，如范常喜所舉之字形：（上博五・弟附簡）（楚王酓忎鼎）（郭・緇・26）與本文△字相差亦遠，此點蘇建洲學長已經說明。因此簡文△字仍需要更多的字形來佐證方可定論，存列俟考。

最後，討論將△字釋爲「齊」字之說，楚文字「齊」字字形作：（郭・緇・24）、（郭・六・19）、（包 2・89）、（上博五・鮑・7）、（上博五・鮑・8）、（上博五・鮑・8）、（上博五・三・1）、（上博五・三・14）等形，由上列字形看來，不論其象稻穗之形的部件是「」或「X」，都是從三「」或三「X」，目前未見從二「」或二「X」者，△字是否爲「齊」字省形，目前尚無古文字材料可佐證；然蘇建洲學長將△字釋爲「齊」的文意非常好，整句解爲「齊聲好色」於文意上又非常恰當，是值得參考的，唯字形上仍無法解釋。

綜上所述，目前我們無法排除簡文字從「至」的可能性，也無法確認是否爲「齊」字省形，唯俟來日更多的出土文獻能夠證明，此字待考。

其次討論「色」字，「色」，簡文作，左下部殘泐。原考釋曹錦炎隸作「也」。〔註24〕羅小華認爲此字左上從「爪」〔註25〕。

沈培認爲字即是「色」字：

（http://www.gwz.fudan.edu.cn/SrcShow.asp?Src_ID=690，2009 年 2 月 10 日）。

〔註24〕馬承源主編：《上海博物館藏戰國楚竹書（七）》，（上海：上海古籍出版社，2008年 12 月），頁 269。

〔註25〕羅小華：〈《凡勿流型》甲本選釋五則〉，武漢大學簡帛網（http://www.bsm.org.cn/show_article.php?id=922，2008 年 12 月 31 日）。

戰國簡中「色」和從「色」之字很常見，下面我們從李守奎（2007：437）中選兩個字形以作比較：⟨圖⟩ ⟨圖⟩ 兩相比較，可知上引殘字應當就是「色」字。再從文意上看，簡文「室聲」與「好色」相連，「聲」、「色」相對。〔註26〕

季師旭昇解爲「好色」即「保持和悅的臉色」。〔註27〕

心怡案：戰國楚簡「也」字作：⟨圖⟩（郭・老甲・3）、⟨圖⟩（郭・緇・28）、⟨圖⟩（郭・五・25）、⟨圖⟩（郭・唐・12）、⟨圖⟩（郭・成・3）、⟨圖⟩（郭・成・11）、⟨圖⟩（上博一・孔・5）、⟨圖⟩（上博一・緇・2）、⟨圖⟩（上博二・性・8）、⟨圖⟩（信陽長臺觀 2 號墓一組 19 號簡）與所論之字字形上有差異。戰國楚簡「色」字作：⟨圖⟩（郭店・五・14）、⟨圖⟩（郭店・成・24）、⟨圖⟩（上博一・孔・10）等形，可以看出其左上方「爪」形與所論之字相同，故本文同意沈培的說法，此字釋爲「色」是正確的。

二、〈凡物流形〉第 27 簡歸屬問題

李銳率先懷疑【凡甲 27】並非是屬於〈凡物流形〉：

> 此簡（按：指甲本簡 27）字形似與其他不類（試將此篇相關字與簡 18、20、25 之「言」字，簡 16 之「聖」字，5、6、9、10、16、18 之「其」字比較），疑非本篇。〔註28〕

在復旦大學出土文獻與古文字研究網站，有一位網友名爲「一上示三王（單育辰）」也對於〈凡物流形〉甲本簡 27 的歸屬問題提出看法：

> 我們認爲李銳先生的判斷是正確的。首先，此簡的形制與甲本其他簡不同。曹錦炎 2008 說：

〔註26〕沈培：〈《上博（七）》殘字辨識兩則〉，復旦大學出土文獻與古文字研究（http://www.gwz.fudan.edu.cn/SrcShow.asp?Src_ID=598，2009 年 1 月 2 日）。

〔註27〕季師旭昇：〈上博七芻議（二）：凡物流形〉，武漢大學簡帛網（http://www.bsm.org.cn/show_article.php?id=934，2008 年 1 月 2 日）。

〔註28〕李銳：〈《凡物流形》釋文新編（稿）〉，清華大學簡帛研究（http://jianbo.sdu.edu.cn/admin3/2008/lirui006.htm，2008 年 12 月 31 日）。

（甲本簡 27）簡長 29.5 釐米，上下殘，第一契口距頂端 8 釐米，第一契口與第二契口距離爲 18 釐米，第二契口距底端 3.5 釐米。

從這段數據看，甲本簡 27 顯然存在問題。其一，甲本其餘各支完整竹簡兩契口之間的距離都在 14.5 至 15 釐米之間，此簡的契口間距爲 18 釐米。如果是同一部竹書，不可能存在如此大的契口差距。其二，整理者認爲竹簡「上殘」，大概是由於甲本各簡第一契口至上端的距離應該是 10 釐米左右，但該簡只有 8 釐米。可是觀察竹簡，其上端平頭，並沒有殘損的迹象。

在已經公佈的上博竹書中，還有一部竹書的上下契口間距爲 18 釐米，即上博六的《愼子曰恭儉》。《愼子曰恭儉》篇簡 1 較完整，竹簡下端略殘，全長 32 釐米，第一契口距上端 8 釐米，兩契口間距 18.1 釐米，第二契口距下端 6.1 釐米，存 28 字。對比《愼子曰恭儉》，甲本簡 27 除下端殘損無法對比外，在形制上完全一致。所以從形制判斷，甲本簡 27 不屬於《凡物流形》篇甲本。

其次，從内容上看，甲本簡 27 的内容與《凡物流形》不合。其簡文云：

敊（？）㽙（墻―？）而豊（？），並（屛）燹（氣）而言，不遊（失）亓（其）所然，古（故）曰䁣（？）。和尻（處）和燹（氣），室（室）聖（聲）好色☑……

網友「小學生」在讀書會 2008 後的評論中指出：「敊㽙而豊」或可與《左傳》昭公七年「一命而僂，再命而傴，三命而俯，循牆而走」對讀。（楊伯峻注：循牆，避道中央。）則「豊」或可讀爲「履」，「行」的意思，與下句「屛氣而言」之「言」相對爲文。「一命而僂，再命而傴，三命而俯，循牆而走」也見於《莊子·列禦寇》，疏云：「傴曲循牆，並敬容極恭，卑退若此，誰敢將不軌之事而侮之也。」「循牆而走」和「屛氣而言」都是極言謙恭卑退。

我們認爲小學生先生的說法是很有道理的。退一步講，即使他

對「敔墇而豊」的解讀不合乎實際，至少「屏氣而言」、「和尻（處）和燹（氣）」、「室（窒）聖（聲）好色」也是「極言謙恭卑退」。何有祖 2009 將「敔墇」讀爲「敬莊」，應該也是順著將該簡大意理解爲「極言謙恭卑退」的思路作出的釋讀。

《凡物流形》無疑應屬道家文獻。我們理解其全文的結構是：先提出對世間萬物的一系列疑問，然後指出要想明白這一系列問題，需要「察道」，而「察道」的根本在於「察一」，只有能做到「察一」才能「大之以知天下，小之以治邦」。這顯然是道家學派的「君人南面之術」，是說「大道理」的。在這樣的文章裏突然出現一段「極言謙恭卑退」的話語，顯得十分突兀。

因此，甲本簡 27 肯定不屬於《凡物流形》篇。〔註29〕

此外更進一步的認爲〈凡物流形〉甲本簡 27 可能出自於〈愼子曰恭儉〉同一批抄寫的竹書：

我們認爲，甲本簡 27 很可能來自與上博六《愼子曰恭儉》篇同一批抄寫的、內容類似的古書。上文已經說過，甲本簡 27 在形制上與《愼子曰恭儉》一致。其實從內容上看，他們也有很相似的地方。《愼子曰恭儉》簡 3 和簡 5（釋文據陳劍 2008）分別說：

中（中—中）尻（處）而不皮（頗），貢（貢—任）悳（德）呂（以）妃（竢、俟），古（故）曰曺（青—靜？）。【簡3】……宩，不贏（贏）甘其）志，古（故）曰弳（強）。【簡5】

這樣的句式與甲本簡 27 的句式非常相似，所述的內容也很接近。《愼子曰恭儉》簡 1 有「朗（堅）強以立志」這樣的話。甚至有可能甲本簡 27 中的「朗」也是讀爲「堅」的。但是從字體看，該簡與《愼子曰恭儉》有較大不同。例如：

而：《凡》甲 27 《愼》

〔註29〕一上示三王：〈也談《凡物流形》的編聯及相關問題〉，復旦大學出土文獻與古文字研究（http://www.gwz.fudan.edu.cn/ShowPost.asp?ThreadID=952，2009 年 1 月 20 日）。

尻： 《凡》甲 27 《慎》

室、至： 《凡》甲 27 《慎》

䏧： 《凡》甲 27 《慎》

從上舉這些字形的對比看，甲本簡 27 不太可能屬於《慎子曰恭儉》篇。

在出土文獻中，有很多形制相同、內容相近、應屬同一批抄寫的竹書。如郭店簡的《緇衣》、《五行》、《成之聞之》、《尊德義》、《性自命出》、《六德》五篇；上博簡的《孔子詩論》、《子羔》、《魯邦大旱》三篇；上博簡的《莊王既成》、《申公臣靈王》、《平王與王子木》、《平王問鄭壽》四篇；上博簡的《民之父母》、《武王踐祚》、《內禮》三篇，等等。甲本簡 27 與《慎子曰恭儉》的關係很可能也是這樣。〔註30〕

心怡案： 網友「一上示三王（單育辰）」的說法，是以李銳的論點為基礎，經過竹簡形制、簡文文意以及字形判斷後，證明【凡甲 27】不屬於〈凡物流形〉甲篇；並另外提出【凡甲 27】應歸屬於〈慎子曰恭儉〉的說法，但也指出了【凡甲 27】之字形與〈慎子曰恭儉〉字形相差甚遠的矛盾之處。

〈慎子曰恭儉〉全篇存有六支，完簡僅一支，難以連讀。〔註31〕而學者亦對其簡序及歸屬亦提出疑問，如陳劍疑簡 2、4、6 可能不屬於此篇：

《慎子曰恭儉》篇的歸簡和排序頗有疑問。從內容看，簡 1、3
和簡 5 當為一組。簡 1 以「慎子曰：恭儉以立身」開頭，接下來都
是「某某以某某」的句式；簡 3 開頭是「勿（物）以壞（培）身」，
「勿（物）」字上面當還缺一個動詞，其句式與簡 1 相同；簡 3 後文
接著說「中處而不頗，任德以竢，故曰青（靜？）」，與上面討論的

〔註30〕 一上示三王：〈也談《凡物流形》的編聯及相關問題〉，復旦大學出土文獻與古文字研究（http://www.gwz.fudan.edu.cn/ShowPost.asp?ThreadID=952，2009 年 1 月 20日）。

〔註31〕 馬承源主編：《上海博物館藏戰國楚竹書（六）》，（上海：上海古籍出版社，2007年 7 月），頁 275。

簡 5「不贏（贏）其志，古（故）曰強」句式相同。簡 1 整理者説是全篇唯一的完簡，但從圖版看其下端是呈殘缺狀的。進一步推測，如果在簡 1 末補上一字，簡 1 甚至有可能當直接與簡 3 連讀。這樣考慮還有一個好處，連讀後簡 3 背面的篇題變成位於第 2 簡簡背，更靠近全篇之首。

簡 2、簡 4 和簡 6 應當排在簡 1、3、5 之後。而且，這 3 簡的內容跟前 3 簡不能緊密聯繫上，其字體風格（尤其是第 6 簡）與 1、3、5 簡也頗有不同，它們甚至都有根本就不屬於此篇的可能。〔註32〕

目前對於〈慎子曰恭儉〉該歸屬的學派，分歧較大。張崇禮先生曾整理學者們對於〈慎子曰恭儉〉學派歸屬的說法：

> 整理者李朝遠先生指出：慎子一般被視為法家，本篇名曰「慎子曰恭儉」，但內容幾不見於現存各種版本的《慎子》，而似與儒家學說有關。故簡文中的「慎子」與文獻中的「慎子」是否為同一人，尚有待研究。陳偉先生認為：簡文的很多內容基本上都是儒家的觀念，這篇文字不可能是慎到所作。它的作者，很可能就是曾經擔任楚頃襄王傅的慎子，這篇竹書最可能寫於他任太子傅之時。李鋭先生認為《慎子曰恭儉》可能成於慎子後學之手，當屬於《慎子》。
>
> 我們贊同李鋭先生的看法，認為此篇應是《慎子》佚文，屬於稷下黃老學派的作品。〔註33〕

由上述所說法中可知，〈慎子曰恭儉〉篇本身簡序及文章思想方面仍有許多的問題仍待解決，因此【凡甲27】是否該歸入〈慎子曰恭儉〉必須仰賴更多的證據補充，待考。

〔註32〕陳劍：〈讀《上博六》短箚五則〉，武漢大學簡帛網（http://www.bsm.org.cn/show_article.php?id=643，2007 年 7 月 7 日）。

〔註33〕張崇禮：〈談《慎子曰恭儉》的思想屬性〉，簡帛研究（http://jianbo.sdu.edu.cn/admin3/2007/zhangchongli009.htm，2007 年 8 月 23 日）。

第二節　諸家學者及本文之編連排序

本節主要討論〈凡物流形〉甲、乙二本之編聯順序，分成「甲本各家編聯對照表」、「〈凡物流形〉甲本綜合討論」、「〈凡物流形〉乙本各家編聯對照表」三個部分。

一、〈凡物流形〉甲本各家編連對照表

	原考釋	復旦大學	李銳1	廖名春	李銳2	淺野裕一	顧史考	王中江	曹峰	張崇禮	李松儒
凡物流形甲本之簡序	凡甲1	凡甲1	凡甲1	凡甲1	凡甲1	凡甲1	凡甲1	凡甲1		凡甲1	凡甲1
	凡甲2	凡甲2	凡甲2	凡甲2	凡甲2	凡甲2	凡甲2	凡甲2		凡甲2	凡甲2
	凡甲3	凡甲3	凡甲3	凡甲3	凡甲3	凡甲3	凡甲3	凡甲3		凡甲3	凡甲3
	凡甲4	凡甲4	凡甲4	凡甲4	凡甲4	凡甲4	凡甲4	凡甲4		凡甲4	凡甲4
	凡甲5	凡甲5	凡甲5	凡甲5	凡甲5	凡甲5	凡甲5	凡甲5		凡甲5	凡甲5
	凡甲6	凡甲6	凡甲6	凡甲6	凡甲6	凡甲6	凡甲6	凡甲6		凡甲6	凡甲6
	凡甲7	凡甲7	凡甲7	凡甲7	凡甲7	凡甲7	凡甲7	凡甲7		凡甲7	凡甲7
	凡甲8	凡甲8	凡甲8	凡甲8	凡甲8	凡甲8-1〔註34〕	凡甲8	凡甲8		凡甲8	凡甲8
	凡甲9	凡甲9	凡甲9	凡甲9	凡甲9	凡甲9-2	凡甲29	凡甲9		凡甲9	凡甲9
	凡甲10	凡甲10	凡甲10	凡甲10	凡甲10	凡甲10	凡甲10	凡甲10		凡甲10	凡甲10

〔註34〕淺野裕一將《凡物流形》分爲「《問物》」、「《識一》」二個部分，其中第 8 簡分爲二個部分，以「先王之智奚備」爲界，以上爲第一部分，以下爲第二部分；第 9 簡以「日之有」爲界，以上爲第一部分，以下爲第二部分；第 14 簡亦以「而屛之」爲界，以上爲第一部分，以下爲第二部分。詳見《凡物流形》結構新解〉，（武漢：武漢大學簡帛網）（http://www.bsm.org.cn/show_article.php?id=981，2009 年 2 月 2 日），爲易於辨識，本文將第 8 簡分爲 8-1、8-2；第 9 簡分 9-1、9-2；第 14 簡以 14-1、14-2 來區分之。由於淺野裕一隻是依文章性質而分爲《問物》、《識一》二大部分，其簡序除上述第 8、9、14 分成二部分外，其簡序幾乎與原考釋者相同，因此除非有特別創見，本文於簡序綜合討論部分，不再特別提出討論。

凡甲11	凡甲11	凡甲11	凡甲11	凡甲11	凡甲11	凡甲11	凡甲11		凡甲11	凡甲11
凡甲12	凡甲12A	凡甲12A	凡甲12A	凡甲12A	凡甲12A	凡甲12A	凡甲12A		凡甲12A	凡甲12A
凡甲13	凡甲13B	凡甲13B	凡甲13B	凡甲13B	凡甲13B	凡甲13B	凡甲13B		凡甲13B	凡甲13B
凡甲14	凡甲14	凡甲14	凡甲14	凡甲14	凡甲14-1	凡甲14	凡甲14		凡甲14	凡甲14
凡甲15	凡甲13A	凡甲15	凡甲15	凡甲15	凡甲8-2	凡甲16	凡甲16		凡甲16	凡甲16
凡甲16	凡甲12B	凡甲24	凡甲24	凡甲24	凡甲9-1	凡甲26	凡甲26		凡甲26	凡甲26
凡甲17	凡甲22	凡甲25	凡甲25	凡甲25	凡甲14-2	凡甲18	凡甲18		凡甲18	凡甲18
凡甲18	凡甲23	凡甲21	凡甲21	凡甲21	凡甲13A	凡甲28	凡甲28	凡甲21	凡甲28	凡甲28
凡甲19	凡甲17	凡甲13A	凡甲13A	凡甲13A	凡甲12B	凡甲15	凡甲15	凡甲13A	凡甲15	凡甲15
凡甲20	凡甲27	凡甲12B	凡甲12B	凡甲12B	凡甲15	凡甲24	凡甲24		凡甲24	凡甲24
凡甲21	凡甲16	凡甲26	凡甲16	凡甲22	凡甲16	凡甲25	凡甲25		凡甲25	凡甲25
凡甲22	凡甲26	凡甲18	凡甲26	凡甲23	凡甲17	凡甲21	凡甲21		凡甲21	凡甲21
凡甲23	凡甲18	凡甲28	凡甲18	凡甲17	凡甲18	凡甲13A	凡甲13A		凡甲13A	凡甲13A
凡甲24	凡甲28	凡甲16	凡甲28	凡甲26	凡甲19	凡甲12B	凡甲12B		凡甲12B	凡甲12B
凡甲25	凡甲15	凡甲22	凡甲22	凡甲18	凡甲20	凡甲22	凡甲22		凡甲22	凡甲22
凡甲26	凡甲24	凡甲23	凡甲23	凡甲28	凡甲21	凡甲23	凡甲23		凡甲23	凡甲23
凡甲27	凡甲25	凡甲17	凡甲17	凡甲16	凡甲22	凡甲17	凡甲17		凡甲17	凡甲17
凡甲28	凡甲21	凡甲19	凡甲19	凡甲19	凡甲23	凡甲19	凡甲19		凡甲19	凡甲19
凡甲29	凡甲19	凡甲20	凡甲20	凡甲20	凡甲24	凡甲20	凡甲20		凡甲20	凡甲20
凡甲30	凡甲20	凡甲29	凡甲29	凡甲29	凡甲25	凡甲29	凡甲29		凡甲29	凡甲29
	凡甲29	凡甲30	凡甲30	凡甲30	凡甲26	凡甲30	凡甲30		凡甲30	凡甲30
	凡甲30				凡甲28					
					凡甲29					
					凡甲30					

《上海博物館藏戰國楚竹書（七）〈凡物流形〉》研究

以上爲學者對於〈凡物流形〉甲本之編連意見，本書〈凡物流形〉甲本簡文依顧史考先生意見編聯。以下對針上表不同意見討論如下。

二、〈凡物流形〉甲本綜合討論

〈凡物流形〉有甲、乙二本，先討論簡文較完整的甲本，其次呈現乙本簡文順序。〈凡物流形〉甲本簡序如下：在【凡甲簡1】至【凡甲簡11】的順序上，學者們的意見一致，其簡文如下表：

簡　號	簡　　文
凡甲 1	凸（凡）勿（物）流型（形），系（奚）尋（得）而城（成）？流型（形）城（成）豊（體），系（奚）尋（得）而不死？既城（成）既生，系（奚）嘉（顧）而鳴（名）？既果（本）既根，系（奚）遂（後）
凡甲 2	之系（奚）先？佘（陰）易（陽）之處，系（奚）尋（得）而固？水火之和，系（奚）尋（得）而不砒（差）？韶（問）之日：民人流型（形），系（奚）尋（得）而生？
凡甲 3	流型（形）成豊（體），系（奚）失而死？有尋（得）而城（成），未知左右之請（情），天陞（地）立多（終）立愍（始）：天降五厇（度），虗（吾）系（奚）
凡甲 4	奐（衡）系（奚）從（縱）？五熩（氣）齊至，虗（吾）系（奚）異系（奚）同？五音在人，箮（孰）爲之公？九図（圉）出誨（謀），箮（孰）爲之佳（封）？虗（吾）既長而
凡甲 5	或老，孰爲辨（薦）奉？視（鬼）生於人，系（奚）故神畧（明）？骨肉之既林（靡），其智愈暲（彰），其夬（慧）系（奚）適（敵），箮（孰）智（知）
凡甲 6	其疆？視（鬼）生於人，虗（吾）系（奚）古（故）事之？骨肉之既林（靡），身豊（體）不見，虗（吾）系（奚）自食之？其坴（來）無厇（度）
凡甲 7	虗（吾）系（奚）旹（待）之？窒（隋）祭員（君）奚迚（登）？吾如之何使歔（飽）？川（順）天之道，虗（吾）系（奚）以爲首〔28〕？虗（吾）欲尋（得）
凡甲 8	百姓之和，虗（吾）系（奚）事之？敬天之明系（奚）得？鬼之神系（奚）食？先王之智系（奚）備？韶（問）之日：迚（登）
凡甲 9	高從埤（卑），至遠從迩（邇）。十回（圍）之木，其始生如蘖（蘗）。足牆（將）至千里，必從乔（寸）始。日之有
凡甲 10	珥，牆（將）何聽？月之有暈，牆（將）可何正（征）？水之東流，牆（將）何涅（盈）？日之訋（始）出，何古（故）大而不習（炎）？其入（日）
凡甲 11	中，系（奚）古（故）小雁（焉）暲豉（暑）？問：天箮（孰）高與（歟）？地箮（孰）遠與（歟）？箮（孰）爲天？箮（孰）爲地？箮（孰）爲雷

【凡甲11】後的【凡甲12】、【凡甲13】、【凡甲14】互有關聯，因此先討論
【凡甲12】、【凡甲13】分爲 A、B 簡的問題，再來討論簡【凡甲12】、【凡甲
13】、【凡甲14】的編聯順序。

　　針對【凡甲12】，復旦讀書會認爲從圖版看，應拆分爲兩支殘殘，以「卉
（草）木系（奚）尋（得）而生」的「生」字爲界，其上爲【凡甲12A】，其
下爲【凡甲12B】，學者們均同意此看法。其簡文如下表：

簡　號	簡　　文
凡甲 12A	神（電）？孰爲啻（霆）？土系（奚）尋（得）而平？水系（奚）尋（得）而清？草木系（奚）尋（得）而生？
凡甲 12B	天，宎（近）之羋（事）人，是故

原考釋者曹錦炎將簡 12 視爲是一長三十三釐米，上、下平頭的完簡。然復旦讀
書會與李銳據圖版而認 12B 右側要比 12A 寬出一截，不可相連。見下圖：

可以很明顯的看到 12A 與 12B 的交接處確實是寬度不符，因此本文從復旦讀書
會及李銳之意見，將原本的簡 12 分爲【簡 12A】、【簡 12B】二支殘簡。

　　此外【簡 13】，學者亦主張分爲 A、B 二簡，其簡文如下表：

簡　號	簡　　文
凡甲 13A	[目]而知名，無耳而龥（聞）聲。卉（草）木尋（得）之以生，含（禽）獸尋（得）之以鳴。遠之矢
凡甲 13B	（含）禽獸系（奚）尋（得）而鳴？

復旦讀書會之所以將簡 13 分爲 13A、13B 兩簡是與〈凡物流形〉乙本的簡 9
對勘而來，乙本簡 9 簡文爲：「系（奚）尋（得）而清？卉（草）木系（奚）尋
（得）而生？含（禽）獸系（奚）尋（得）而鳴？夫雨之至，箸（孰）霝（唾）
津之？夫旦（風）之至，箸（孰）颱（噓）飆（吸）而迸之？龥（問）之曰」，
正好是【凡甲簡 12A】的後半部分、【凡甲 13B】和【凡甲 14】的前半部分；
而【凡甲 13B】下接【凡甲 14】的意見，學者均認同，因此有「凡甲 12A→
13B→14」的編聯，其簡文見下表：

簡　號	簡　　文
凡甲 12A	神（電）？箸（孰）爲啻（霆）？土系（奚）尋（得）而平？水系（奚）尋（得）而清？草木系（奚）尋（得）而生？
凡甲 13B	含（禽）獸系（奚）尋（得）而鳴？
凡甲 14	夫雨之至，箸（孰）霝（唾）津之？夫旮（風）之至，箸（孰）颰（嘘）飆（吸）而迸之？顝（問）之曰：戠（察）道，坐不下笞（席）；耑（端）曼（冕）

其與上述所簡文相關，簡序爲「凡甲 1~11→12A→13B→14」。

【凡甲 14】後所接續的簡號有三種看法，原考釋者曹錦炎於其後接【凡甲 15】，李銳、廖名春，亦持此種看法；復旦讀書會後接【凡甲 13A】；顧史考、王中江、張崇禮、李松儒皆主張後接【凡甲 16】；淺野裕一則是接【凡甲 8-1】。先看【凡甲 16】的內容，其簡文如下表：

簡　號	簡　　文
凡甲 16	箸（圖）不與事〔2〕，先知四海，至聽千里，達見百里。〔3〕是故聖人尻（處）於其所，邦豪（家）之

【凡甲 16】首句，可與【凡甲 14】相接續，「察道，坐不下席；端冕，圖不與事」是相同的句式，符合文法且文意上完整，故可相連。

其次【凡甲 13A】首句爲「而知名，無耳而知聲」此與【凡甲 14】連讀上有問題，且【凡甲 13A】學者們傾向於句首應補上「目」字，與【凡甲 21】相接續而有「無目而知名，無耳而知聲」一句，文法及文意上皆通順，故本文不主張【凡甲 14】→【凡甲 13A】的編聯順序。第三，【凡甲 15】首句爲「宎（賓）於天」，李銳於句首補了一個「上」字，即「上宎（賓）於天」，與【凡甲 14】文意上不連貫，故不可相連。最後【凡甲 8-1】爲淺野裕一爲方便文獻的分篇而任意分段，此外將簡一分而爲二部分的原因亦沒有詳細說明，故不予考慮。

綜上所述【凡甲 14】後應接【凡甲 16】，其簡序爲「凡甲 1~11→12A→13B→14→16」。

【凡甲 16】後接之簡號有、【凡甲 22】、【凡甲 26】等 2 種意見，【凡甲 22】、【凡甲 26】簡文如下表：

簡　號	簡　文
凡甲 22	能戠（察）鼠-（一），則百勿（物）不遊（失）；女（如）不能戠（察）鼠-（一），則
凡甲 26	磁（危）攸（安）存亡，惻（賊）惄（盜）之夏（作），可先知。龠（問）之曰：心不勲（勝）心，大亂乃作；心如能勲（勝）心，

【凡甲 16】末句爲「是故聖人尻（處）於其所，邦豪（家）之」與上列兩簡中的【凡甲 26】可以連讀，讀爲「磁（危）攸（安）存亡，惻（賊）惄（盜）之夏（作），可先知。」，故可相連。其與上述所論簡文相連，簡序爲「凡甲 1~11→12A→13B→14→16→26」。

【凡甲 26】後接簡號，學者們的意見一致，皆爲「凡甲 26→18→28」，其簡文如下：

簡　號	簡　文
凡甲 18	是謂小徹。系（奚）謂小徹？人白爲戠（察）。系（奚）以知其白？冬（終）身自若。能寡言，虗（吾）能鼠-（一）
凡甲 28	虗（吾），夫此之謂省（小）成。曰：百眚（姓）之所貴唯君，君之所貴唯心，心之所貴唯鼠-（一）。尋（得）而解之，上

上列簡序與上述所討論的簡文相連，簡序爲「凡甲 1~11→12A→13B→14→16→26→18→28」。

【凡甲 28】後接簡號有【凡甲 15】及【凡甲 16】兩種看法，其簡文內容分別如下：

簡　號	簡　文
凡甲 15	宁（賓）於天，下番（蟠）於淵。坐而思之，誀（謀）於千里；记（起）而用之，練（申）於四海。龠（聞）之曰：至情而知（智）
凡甲 16	書（圖）不與事，先知四海，至聽千里，達見百里。是故聖人尻（處）於其所，邦豪（家）之

【凡甲 28】簡文內容在說明「貴一」的思想，而簡末「得而解之，上」即是在說明若能實行「一」的思想所衍生出來的施政方略則可呈現的結果，因此與【凡甲 16】是有出入的，於文意上亦不連續，不應接於其後。

至於【凡甲 15】首句「宁（賓）於天，下番（蟠）於淵。」可以與【凡甲 28】內容相接，即能「貴一」則可「宁（賓）於天，下番（蟠）於淵。」，故

將【凡甲 15】接於【凡甲 28】之後，其與上述所論簡文相連，簡序為「凡甲 1~11→12A→13B→14→16→26→18→28→15」。

　　【凡甲 15】之後簡序學者們有相同的看法，依序為【凡甲 24】、【凡甲 25】、【凡甲 21】，其簡文內容如下表：

簡　號	簡　文
凡甲 24	戠（察）智而神，戠（察）神而同，[戠（察）同]而僉，戠（察）僉而困，戠（察）困而遆（復）。是故陳為新，人死遆（復）為人，水遆（復）
凡甲 25	於天咸。百勿（物）不死女（如）月，出則或入，多（終）則或詗（始），至則或反（返）。戠（察）此言，记（起）於一耑（端）。
凡甲 21	飤（聞）之曰：一生兩，兩生晶（參），參生女（母），女（母）成結。是故有鼠（一），天下無不有；無鼠（一），天下亦無鼠（一）有。無

【凡甲 15】簡末可與【凡甲 24】首句連讀為「至情而智，戠（察）智而神，戠（察）神而同，[戠（察）同]而僉，戠（察）僉而困，戠（察）困而遆（復）。」而且據乙本簡 17，甲本簡 15 與 24 當相連。另外【凡甲 24】末句亦可與【凡甲 25】首句接續而讀為「是故陳為新，人死遆（復）為人，水遆（復）於天」，可以相連，於文意上亦可以連貫。至於【凡甲 21】則是接續【凡甲 25】探討「萬物起於一端」的延續，於文意上也有所連貫。其與上述所論的簡文相連，簡序為「凡甲 1~11→12A→13B→14→16→26→18→28→15→24→25→21」。

　　【凡甲 21】其後所接簡號有【凡甲 13A】及【凡甲 19】兩種意見，其簡文如下：

簡　號	簡　文
凡甲 13A	[目]而知名，無耳而飤（聞）聲。草木尋（得）之以生，禽獸尋（得）之以鳴。遠之矢
凡甲 19	是故鼠（一），咀之有味，敗（嗅）[之有臭]，鼓之有聲，忎（近）之可見，操之可操，捑（握）之則遊（失），敗之則

【凡甲 21】末句可與【凡甲 13A】連讀為「是故有一，天下無不有；無一，天下亦無一有。無[目]而知名，無耳而聞聲。」故可相連。至於【凡甲 21】若後接【凡甲 19】，則【凡甲 21】最末字的「無」則不知作何解釋，於文意上亦不連貫，故不可相連。【凡甲 13A】與上述所論簡文相連，故簡序為「凡甲 1~11→12A→13B→14→16→26→18→28→15→24→25→21→13A」。

【凡甲13A】後接續的簡號學者們皆同意爲【凡甲12B】，其簡文如下：

簡　號	簡　文
凡甲12B	天，宎（近）之羊（事）人，是故

【凡甲12B】可與【凡甲13A】連讀爲「遠之羊（事）天，宎之羊（事）人」，且與上述所論簡文相連，故簡序爲「凡甲 1~11→12A→13B→14→16→26→18→28→15→24→25→21→13A→12B」。

【凡甲12B】後讀續的簡號有【凡甲22】及【凡甲26】兩種說法，茲將簡文列於下：

簡　號	簡　文
凡甲22	斁（察）道，所以攸（修）身而訏（治）邦家。䎙（聞）之曰：能斁（察）鼠（一），則百勿（物）不遊（失）；女（如）不能斁（察）鼠（一），則
凡甲26	碰（危）攸（安）存亡，惻（賊）愱（盜）之㦡（作），可先知。䎙（問）之曰：心不剩（勝）心，大亂乃作；心如能剩（勝）心，

【凡甲12B】末句與【凡甲22】及【凡甲26】皆可相連，但是就文意上來說【凡甲22】較爲連貫，從【凡甲21】開始，即在討論「一」的功用，且「遠之羊（事）天，宎之羊（事）人」是符合修身治國平天下的修養工夫，不僅僅只是外求國家安定而已。因此就文意上來看【凡甲12B】後應接續爲【凡甲22】爲妥。其與上述所論簡文相連，故簡序爲「凡甲 1~11→12A→13B→14→16→26→18→28→15→24→25→21→13A→12B→22」。

【凡甲22】其後所接簡序學者們都有相同意見，依序爲【凡甲23】、【凡甲17】，其簡文如下：

簡　號	簡　文
凡甲23	百勿（物）鼻（具）遊（失）。如欲斁（察）鼠（一），印（仰）而視之，佝（俯）而揆之，毋遠求厇（度），於身旨（稽）之。㝵（得）一[而]
凡甲17	煮（圖）之，女（如）併天下而虜（捆）之；㝵（得）鼠（一）而思之，若併天下而訏（治）之。守鼠（一）以爲天地旨。

【凡甲22】與【凡甲23】、【凡甲17】簡文連貫，文意上亦在講述同一概念，故可相連。其與上述所論簡文相連，故簡序爲「凡甲 1~11→12A→13B→14→16→26→18→28→15→24→25→21→13A→12B→22→23→17」。

【凡甲 17】其後所接的簡號有【凡甲 27】、【凡甲 19】，其簡文如下：

簡　號	簡　　　　　文
凡甲 19	故鼠￪（一），咀之有味，敗（嗅）[之有臭]，鼓之有聲，忘（近）之可見，操之可操，捼（握）之則遊（失），敗之則
凡甲 27	敼（？）牆（牆）而豊（禮），並（屏）燹（氣）而言，不遊（失）亓（其）所然，古（故）曰嬖（賢）。和尻（居）和燹（氣），囚（？）聖（聲）好色

首先，【凡甲 19】與【凡甲 17】文意連貫都是在討論「一」的思想概念，故【凡甲 17】後應接【凡甲 19】，其與上述所論簡文相連，簡序為「凡甲 1~11→12A→13B→14→16→26→18→28→15→24→25→21→13A→12B→22→23→17→19」。

【凡甲 19】其後所接簡序學者們意見一致，依序為【凡甲 20】、【凡甲 29】、【凡甲 30】，簡文如下：

簡　號	簡　　　　　文
凡甲 20	槁，賊之則滅。戠（察）此言，起於一耑（端）。醐（聞）之曰：一言而力不舲（窮），一言而有衆
凡甲 29	一言而萬民之利，一言而為天地旨。捼（握）之不（湟）盈握，尃（敷）之無所容。大
凡甲 30	之以知天下，小之以治邦。

【凡甲 19】與【凡甲 22】、【凡甲 29】、【凡甲 30】簡文連貫，文意上亦在講述同一概念，故可相連。其與上述所論簡文相連，故簡序為「凡甲 1~11→12A→13B→14→16→26→18→28→15→24→25→21→13A→12B→22→23→17→19→20→29→30」。

綜上所述，〈凡物流形〉甲篇簡之簡序應從顧史考先生之編聯意見，簡序為「凡甲 1~11→12A→13B→14→16→26→18→28→15→24→25→21→13A→12B→22→23→17→19→20→29→30」。

三、〈凡物流形〉乙本各家編聯對照表

	曹錦炎	李銳	鄔可晶	顧史考
凡物流形乙本之簡序	凡乙 1	凡乙 1	凡乙 1	凡乙 1
	凡乙 2	凡乙 2	凡乙 2	凡乙 2
	凡乙 3	凡乙 3	凡乙 3	凡乙 3
	凡乙 4	凡乙 4	凡乙 4	凡乙 4
	凡乙 5	凡乙 11B	凡乙 11B	凡乙 11B
	凡乙 6	凡乙 5	凡乙 5	凡乙 5
	凡乙 7	凡乙 6	凡乙 6	凡乙 6
	凡乙 8	凡乙 7	凡乙 7	凡乙 7
	凡乙 9	凡乙 8	凡乙 8	凡乙 8
	凡乙 10	凡乙 9	凡乙 9	缺簡
	凡乙 11	凡乙 10A	凡乙 10A	凡乙 9
	凡乙 12	凡乙 10B	凡乙 15	凡乙 10A
	凡乙 13	凡乙 17	凡乙 16	凡乙 11A
	凡乙 14	凡乙 18	凡乙 12	凡乙 19
	凡乙 15	缺簡	凡乙 11A	凡乙 13A
	凡乙 16	缺簡	凡乙 19	凡乙 20
	凡乙 17	凡乙 15	凡乙 13A	凡乙 21
	凡乙 18	凡乙 16	凡乙 13B	凡乙 10B
	凡乙 19	凡乙 12	凡乙 20	凡乙 17
	凡乙 20	凡乙 19	凡乙 21	凡乙 18
	凡乙 21	凡乙 13A	凡乙 19B	缺簡
	凡乙 22	凡乙 13B	凡乙 17	缺簡
		凡乙 20	凡乙 13C	凡乙 15
		凡乙 11A	凡乙 14A	凡乙 16
		凡乙 13C	凡乙 14B	凡乙 12
		凡乙 14A	凡乙 22	凡乙 13B
		凡乙 14B		凡乙 14A
		凡乙 22		凡乙 14B
				凡乙 22

以上爲學者對於〈凡物流形〉乙本之編連意見，本書〈凡物流形〉乙本簡文依顧史考先生意見編聯。由於已於上文針對〈凡物流形〉甲本簡序編連及文意上做了初步的探討，因此在〈凡物流形〉乙本則不再贅述，在此僅將編連結果呈現。

第三節　〈凡物流形〉釋文

〈凡物流形〉共有甲、乙二本，其中甲本竹簡較爲齊全，現依照簡文內容敘述，略分爲四個段落；正因爲有甲、乙二本，因此在有殘泐不全或是缺字部分，可互相對勘補證，以下將先列較完整的甲本釋文，再列乙本釋文：

一、甲本釋文

「萬物生成」章

旹（凡）勿（物）流型（形），系（奚）旻（得）而城（成）？流型（形）城（成）豊（體），系（奚）旻（得）而不死？既城（成）既生，系（奚）募（顧）而鳴（名）？既杲（本）既根，系（奚）逡（後）【凡甲一】之系（奚）先？会（陰）易（陽）之處，系（奚）旻（得）而固？水火之和，系（奚）旻（得）而不碰（差）？

餌（問）之曰：民人流型（形），系（奚）旻（得）而生？【凡甲二】流型（形）成豊（體），系（奚）遴（失）而死？有旻（得）而城（成），未知左右之請（情），天陞（地）立冬（終）立暨（始）：天降五厇（度），虗（吾）系（奚）【凡甲三】奧（衡）系（奚）從（縱）？五燹（氣）齊至，虗（吾）系（奚）異系（奚）同？五音在人，篙（孰）爲之公？九囡（圉）出誨（謀），篙（孰）爲之佳（封）？虗（吾）既長而【凡甲四】或老，孰爲薜（薦）奉？

魄（鬼）生於人，系（奚）故神㬎（明）？骨肉之既槑（靡），其智愈暲（彰），其夫（慧）系（奚）適（敵），篙（孰）智（知）【凡甲五】其疆？魄（鬼）生於人，虗（吾）系（奚）古（故）事之？骨肉之既槑（靡），身豊（體）不見，虗（吾）系（奚）自食之？其坴（來）無厇（度）【凡甲六】，虗（吾）系（奚）旹（待）之？窐（隋）祭員（焄）奚迀（登）？

虗（吾）如之何使歠（飽）？川（順）天之道，虗（吾）系（奚）以爲首？虗（吾）欲尋（得）【凡甲七】百姓之和，虗（吾）系（奚）事之？敬天之明系（奚）得？鬼之神系（奚）食？先王之智系（奚）備？【凡甲八】

「自然徵象」章

䎽（問）之曰：迸（登）【凡甲八】高從埤（卑），至遠從迩（邇）。十回（圍）之木，其訂（始）生女（如）蘖（蘖）。足將至千里，必從夻（寸）始。日之有【凡甲九】珥，將何聽？月之有暈，酒（將）可（何）正（征）？水之東流，酒（將）何涅（盈）？日之訂（始）出，何古（故）大而不䂿（炎）？其入（日）【凡甲一○】中，系（奚）古（故）小雁（焉）暲跂（暑）？問：天箸（孰）高與（歟）？地箸（孰）遠與（歟）？箸（孰）爲天？箸（孰）爲地？箸（孰）爲雷【凡甲一一】神？箸（孰）爲啻（霆）？土系（奚）尋（得）而平？水系（奚）尋（得）而清？草木系（奚）尋（得）而生？【凡甲一二A】禽獸系（奚）尋（得）而鳴？【凡甲一三B】夫雨之至，箸（孰）靈（唾）津之？夫旯（風）之至，箸（孰）颰（噓）飄（吸）而迸之？【凡甲一四】

「察道」章

䎽（問）之曰：戠（察）道，坐不下箈（席）；耑（端）曼（冕）【凡甲一四】書（圖）不與事，先知四海，至聽千里，達見百里。是故聖人尻（處）於其所，邦豪（家）之【凡甲一六】碰（危）佞（安）存亡，惻（賊）懲（盜）之复（作），可先知。

䎽（問）之曰：心不勑（勝）心，大亂乃作；心如能勑（勝）心，【凡甲二六】是謂小徹。系（奚）謂小徹？人白爲戠（察）。系（奚）以知其白？多（終）身自若。能寡言，虗（吾）能鼠-（一）【凡甲一八】虗（吾），夫此之謂省（小）成。

曰：百眚（姓）之所貴唯君，君之所貴唯心，心之所貴唯鼠-（一）。尋（得）而解之，上【凡甲二八】宆（賓）於天，下番（蟠）於淵。坐而思之，誨（謀）於千里；记（起）而用之，練（申）於四海。

翻（聞）之曰：至情而知（智）【凡甲一五】察知（知）而神，察神而同，[察同]而僉，察僉而困，察困而逻（復）。是故陳爲新，人死逻（復）爲人，水逻（復）【凡甲二四】於天咸。百勿（物）不死女（如）月，出則或入，冬（終）則或詢（始），至則或反（返）。懲（察）此言，记（起）於一耑（端）。【凡甲二五】

「守一」章

翻（聞）之曰：一生兩，兩生晶（參），參生女（母），女（母）成結。是故有鼠ᵗ（一），天下無不有；無鼠ᵗ（一），天下亦無鼠ᵗ（一）有。無【凡甲二一】[目]而知名，無耳而翻（聞）聲。草木尋（得）之以生，禽獸尋（得）之以鳴。遠之芈（事）【凡甲一三Ａ】天，宓（近）之芈（事）人，是故【凡甲一二Ｂ】懲（察）道，所以攸（修）身而詢（治）邦家。

翻（聞）之曰：能懲（察）鼠ᵗ（一），則百勿（物）不遊（失）；女（如）不能懲（察）鼠ᵗ（一），則【凡甲二二】百勿（物）鼻（具）遊（失）。如欲懲（察）鼠ᵗ（一），印（仰）而視之，佝（俯）而揆之，毋遠求厇（度），於身旨（稽）之。尋（得）一[而]【凡甲二三】惹（圖）之，女（如）併天下而虚（抯）之；尋（得）鼠ᵗ（一）而思之，若併天下而詢（治）之。守鼠ᵗ（一）以爲天地旨。【凡甲一七】是故鼠ᵗ（一），咀之有味，敗（嗅）[之有臭]，鼓之有聲，忘（近）之可見，操之可操，揉（握）之則遊（失），敗之則【凡甲一九】槁，賊之則滅。懲（察）此言，起於一耑（端）。

翻（聞）之曰：一言而力不瓮（窮），一言而有衆【凡甲二〇】一言而萬民之利，一言而爲天地旨。揉（握）之不（涅）盈握，專（敷）之無所容。大【凡甲二九】之以知天下，小之以治邦。【凡甲三〇】

二、乙本釋文

〈凡物流形〉乙本，殘泐不全，若遇殘、缺簡的部分，則據甲本而補之，以方框的方式，代表所補之字。如：「仌（陰）易（陽）之尻（處）系（奚）尋（得）而固」其中「之尻（處）」即代表據甲本而補。

「萬物生成」章

凸（凡）勿（物）流型（形），系（奚）导（得）而城（成）？流型（形）城（成）豐（體），系（奚）导（得）而不死？既城（成）既生，系（奚）募（顧）而鳴（名）？既臬（本）既根，系（奚）逡（後）【凡乙一】之系（奚）先？侌（陰）易（陽）之尻（處）系（奚）导（得）而固？水火之和，系（奚）导（得）而不硋（差）？【凡乙二】

䪅（問）之曰：民人流型（形），系（奚）导（得）而生？流型（形）成豐（體），系（奚）遊（失）而死？有导（得）而城（成），未【凡乙二】知左右之請（情），天陸（地）立冬（終）立慇（始）：天降五尼（度），虘（吾）系（奚）【凡甲三】臭（衡）系（奚）從（縱）？五燧（氣）齊至，虘（吾）系（奚）異系（奚）同？五音在人，箸（孰）爲之【凡乙三】公？九囡（囿）出諆（謀），箸（孰）爲之佳（封）？虘（吾）既長而或老，孰爲辨（薦）奉？【凡乙四】

䰟（鬼）生於人，系（奚）故神禀（明）？骨肉之【凡乙四】既林（靡），其智愈暲（彰），其【凡乙一一Ｂ】其夬（慧）系（奚）適（敵），箸（孰）智（知）其疆？䰟（鬼）生於人，虘（吾）系（奚）古（故）事之？骨肉之既林（靡），身豐（體）不見，虘（吾）系（奚）自食之？其坴（來）無尼（度）【凡乙五】虘（吾）系（奚）旹（待）窐（隋）祭員（君）奚迣（登）？虘（吾）如之何使歜（飽）？川（順）天之道，虘（吾）系（奚）以爲首？虘（吾）【凡乙六】欲导（得）百姓之和，虘（吾）系（奚）事之？（旻）天之明系（奚）得？鬼之神系（奚）食？先王之智系（奚）備？【凡乙七】

「自然徵象」章

䪅（問）之曰：迣（登）高從埤（卑），至遠從迩（邇）。十回（圍）之木，其卂（始）生女（如）蘽（蘗）。足將至千里，必【凡乙七】從弅（寸）始。日之有珥，將可（何）聽？月之有暈，酒（將）可（何）正（征）？水之東流，酒（將）何涅（盈）？日之卂（始）出，何古（故）大而不碯（炎）？其入（日）中，系（奚）【凡乙八】古（故）小雁（焉）

暲敥（暑）？問：天箮（孰）高與（歟）？地箮（孰）遠與（歟）？箮（孰）爲天？箮（孰）爲地？箮（孰）爲雷神？箮（孰）爲啻（霆）？土糸（奚）旻（得）而平？水糸（奚）旻（得）而清？草木糸（奚）旻（得）而生？禽獸糸（奚）旻（得）而鳴？夫雨之至，箮（孰）靈（唾）津之？夫岀（風）之至，箮（孰）颰（噓）飆（吸）而迸之？【凡乙九】

【察道】章

韶（問）之曰【凡乙九】叡（察）道，坐不下筶（席）；峕（端）曼（冕）【凡乙一〇A】書（圖）不與事，先知四海，至聽千里，達見百里。是故聖人尻（處）於其所，邦【凡乙一一A】豪（家）之础（危）伮（安）鷹（存）忘（亡），惻（賊）悆（盜）之复（作），可先智（知）。韶（問）之曰：心不勑（勝）心，大亂乃复（作）；心女（如）能勑（勝）心【凡乙一九】是謂小徹。糸（奚）謂小徹？人白爲叡（察）。糸（奚）以知其白？多（終）身自若。能寡言，虗（吾）能鼠（一）虗（吾），夫【凡乙一三A】此之謂省（小）成。【凡乙二〇】

曰：百眚（姓）之所貴唯君，君之所貴唯心，心之所【凡乙二〇】貴唯鼠（一）。旻（得）而解之，【凡乙二一】上穵（賓）於天，下番（蟠）於淵。坐而思之，誨（謀）於【凡乙一〇B】千里；記（起）而用之，練（申）於四海。

韶（聞）之曰：至情而知（智），叡（察）智而神，叡（察）神而同，叡（察）同而僉，叡（察）僉而困，叡（察）困而逡（復）。是故陳爲新，人死逡（復）爲人，水逡（復）【凡乙一七】於天咸。百勿（物）不死女（如）月，出則或入，多（終）則或詒（始），至則或反（返）。叡（察）此言，記（起）於一峕（端）。【凡乙一八】

「守一」章

韶（聞）之曰：一生兩，【凡乙十八】兩生晶（參），參生女（母），女（母）成結。是故有鼠（一），天下無不有；無鼠（一），天下亦無鼠（一）有。無目而知名，無耳而韶（聞）聲。草木旻（得）之以生，禽獸旻（得）

之以鳴。遠之羊（事）天，宐（近）之羊（事）人，是故戠（察）道，所以攸（修）身而訝（治）邦家。

訯（聞）之曰：能戠（察）鼠（一），則百勿（物）不遊（失）；女（如）不能戠（察）鼠（一），則百勿（物）鼻（具）遊（失）。如欲戠（察）鼠（一），卬（仰）而視之，佝（俯）而揆之，毋遠求厇（度），【凡乙一五】於身旨（稽）之。尋（得）一而悥（圖）之，女（如）【凡乙一六】併天下而慮（捫）之；尋（得）鼠（一）而思之，若併天下【凡乙一二】而訝（治）之。守鼠（一）以爲天地旨。是故鼠（一），咀之有味，敦（嗅）[之有臭]，鼓之有聲，【凡乙一三 B】宐（近）之可見，操之可操，捼（握）【凡乙一四 A】之則遊（失），敗之則【凡甲19】槁，賊之則滅。戠（察）此言，起於一耑（端）。【凡乙一四 B】

訯（聞）之曰：一言而力不贪（窮），一言而有衆【凡乙乙一四 B】一言而萬民之利，一言而爲天地旨。捼（握）之不（涅）盈握，專（敷）之無所容。大之以智（知）天下，小之以訝（治）邦。【凡乙二二】

第三章　〈凡物流形〉文字考釋

　　本章依照上一章所討論之〈凡物流形〉甲本之簡序「凡甲 1~11→12A→13B→14→16→26→18→28→15→24→25→21→13A→12B→22→23→17→19→20→29→30」。進行文字考釋。由於有甲、乙二本，因此所討論之字若見於甲、乙二本，則會將其字形列出，不再分成甲、乙二部分分別討論。

第一節　「萬物形成」章文字考釋

一、釋　文

　　旵（凡）勿（物）流型（形）〔1〕，系（奚）尋（得）而城（成）〔2〕？流型（形）城（成）豊（體）〔3〕，系（奚）尋（得）而不死？既城（成）既生，系（奚）募（顧）而鳴（名）〔4〕？

　　既杲（本）既根〔5〕，系（奚）【凡甲一】之系（奚）先〔6〕？侌（陰）昜（陽）之處，系（奚）尋（得）而固？〔7〕水火之和，系（奚）尋（得）而不硅（差）〔8〕？

　　問之曰：民人流型（形），系（奚）尋（得）而生？【凡甲二】流型（形）成豊（體），系（奚）失而死〔8〕？有尋（得）而城（成），未知左右之請（情）〔9〕，天陸（地）立多（終）立愍（始）〔10〕：天降五厇（度）

〔11〕，虗（吾）系（奚）【凡甲三】奧（衡）系（奚）從（縱）〔12〕？五燹（氣）齊至〔13〕，虗（吾）系（奚）異系（奚）同？五音在人，箮（孰）爲之公？〔14〕九囗（圉）出誨（謀），箮（孰）爲之佳（封）？〔15〕

虗（吾）既長而【凡甲四】或老（死），孰爲辨（薦）奉？〔16〕䰧（鬼）生於人，系（奚）故神㮰（明）〔17〕？骨肉之既秫（靡），其智愈暲（彰），其夬（慧）系（奚）壾（敵）〔18〕，箮（孰）智（知）【凡甲五】其疆〔19〕？䰧（鬼）生於人，虗（吾）系（奚）古（故）事之？骨肉之既秫（靡），身豊（體）不見，虗（吾）系（奚）自歙（食）之〔20〕？其來無尾（度），【凡甲六】虗（吾）系（奚）時（待）之〔21〕？窒（隋）祭員（君）奚迸（登）〔22〕？虗（吾）如之何使䭒（飽）〔23〕？川（順）天之道，虗（吾）系（奚）以爲頁（首）？〔24〕虗（吾）欲得【凡甲七】百姓之和，虗（吾）系（奚）事之？旻（？）天之㮰（明）系（奚）得？䰧（鬼）之神系（奚）歙（食）？先王之智系（奚）備？〔25〕【凡甲八】

二、文字考釋

〔1〕咠（凡）【1】勿（物）流【2】型（形）【3】

【1】咠

「▨」字原考釋者曹錦炎指出爲「凡」字繁構。《說文》：「凡，最括也。」意指概括之辭。〔註1〕戰國楚系文字中的「凡」字字形變化頗多，爲了方便討論，我們先將「凡」字依甲骨文、金文、戰國文字列成一表如下所示：

凡	凡	凡	凡	咸
1. 甲134	2. 粹960	3. 齡簋	4. 多友鼎	5. 帛書乙
凡	凡	汈	汈	咠
6. 曾120	7. 包4	8. 郭店·性情論5	9. 九店（M56）41	10. 上博二·從甲9

〔註1〕 馬承源主編：《上海博物館藏戰國楚竹書（七）》，（上海：上海古籍出版社，2008年12月），頁223。

11.上博七‧凡甲 1	12.上博七‧凡甲 3 背	13.上博七‧凡甲 14	14.上博七‧凡乙 1	15.上博七‧凡乙 9

由上表可知從甲骨文至戰國楚系文字，「凡」字在戰國楚系文字中因加飾筆而使得字形多有變化。「凡」作「 」，應該是屬於「筆畫的繁化」，何琳儀先生在《戰國文字通論》中提到：

> 所謂「繁化」，一般是指對文字形體的增繁。「繁化」所增加的形體偏旁、筆畫等，對原來的文字是多餘的。因此有時「可有可無」。

〔註2〕

據上所述，繁化的基本特色便是增加「形體」、「偏旁」、「筆畫」等，且未造成原來文字音義上的改變。《九店楚簡》中的「凡」作亦「 」形，李家浩對此字解說：

> 此墓竹簡「凡」字皆作「 」形。按包山楚墓竹簡「凡」字有「 」、「 」兩種寫法（四號、一三七號、一五三號、二〇四號）。西周金文「凡」作「 」（金文編八八一頁），「 」是在「 」的右側筆畫上加一斜畫而成，「 」則是在「 」所加上斜畫上又加一飾畫而成，字形比較特別。〔註3〕

蘇建洲學長認為李家浩的說法可信。〔註4〕在上博簡中，亦有加橫畫的飾筆字形，如「弗」常作 （上博三‧仲‧9）、 （上博四‧曹‧21）、 （上博五‧鬼‧4）、 （上博六‧孔‧9）、 （上博七‧鄭甲‧7）可參。

在上博二《從政》甲篇出現的「 」，原考釋者隸定為「凸」，就文例「凸（凡）此七者，政之所治也。」上來看，釋為「凡」字當無可疑〔註5〕。在文

〔註2〕何琳儀：《戰國文字通論》（訂補），（南京：江蘇教育出版社，2003 年）。

〔註3〕湖北省文物考古研究所、北京大學中文系編：《九店楚簡》，（北京：中華書局，2000 年 5 月），頁68。

〔註4〕蘇建洲：《上海博物館藏戰國楚竹書（二）》校釋，國立台灣師範大學國文研究所博士論文，2004 年 6 月，66 頁。

〔註5〕馬承源主編：《上海博物館藏戰國楚竹書（二）‧〈從政甲、乙〉》，（上海：上海古

字中增加無義的「口」形是常見的楚文字繁化特色。如「雀」作「」《郭店‧魯6》可參。

或以為「凸」為「同」字，在楚簡中，「凡」字和「同」寫法其實區分得很清楚，楚系文字「同」字作：

包 126	包 220	郭‧老甲 28	郭‧性 58	帛‧乙 7‧28
帛‧乙 7‧29	上一‧緇 20	上二‧民‧12	上三‧亙‧2	上四‧曹‧21
上六‧孔‧17	上七‧凡甲‧4	上七‧凡甲‧24	上七‧凡乙‧3	上七‧凡乙‧17

由上表來看，「同」字在楚簡中的寫法，確實是從「凡」從「口」，但是與「凡」字字表對照來看（戰國文字部分），則少了右邊的飾筆，在上博簡中的「凡」字大部分作「（上博四‧曹‧21）」形，直至《上博二》出現加了「口」形的（上博二‧從甲‧9），又至上博七又出現了「」（《凡物甲1》）、「」（《凡物甲3背》）二個字形，除了「口」形外還再加了「」形。對照〈凡物流形〉乙本簡1「凡」字作形來看，可能甲本書手在抄錄乙本時，對於筆畫理解有誤，而造成誤抄的情況發生，而出現上博七〈凡物流形〉甲篇簡1、簡3背非常特殊的字形，但就文例來看，本簡隸定作「凸」讀作「凡」，是沒有問題的。

「凸（凡）物流形」即「品物流形」，率先提出此看法為復旦讀書會〈重編釋文〉已括號注「品」。〔註6〕其後討論的學者專家也多就此意發揮，均是。季師旭昇認為：

「凡」與「品」音義俱近，凡（奉紐侵部）、品（滂紐侵部），

籍出版社，2002 年 12 月），頁 223。

〔註 6〕 復旦大學讀書會：《〈上博七‧凡物流形重編釋文〉》，（復旦大學出土文獻與古文字研究中心網站 http://www.gwz.fudan.edu.cn/SrcShow.asp?Src_ID=581，2008 年 12 月 31 日。）

音近可通。其義,「凡」有最括、總舉之意;「品」有眾庶、眾物之意,實亦相近。……《周易·乾卦·象傳》:「雲行雨施,品物流形。」孔疏:「乾能用天之德,使雲氣流行、雨澤施布,故品類之物流佈成形。」意思是:「雲行雨施,萬物化而有形。」〔註7〕

「凡」與「品」聲義皆近,因此「凡物流形」就是「品物流形」,如果釋為其他字,則無以解釋《周易·乾卦》。

【2】流

流,簡文甲本簡 1 作 形,乙本簡 1 作 形。對於「流」字的解釋,學者有以下四種說法:

1、泛指物體移動,變化位置

原考釋曹錦炎引《說文解字》:「流,水行也。」以為「流」,本指水或其他液體移種。又引《易經·乾卦》:「水流濕,火就燥。」《戰國策·秦策一》:「引錐自刺其股,血流至足。」亦泛指物體移動,變化位置。〔註8〕

2、具、生

廖名春則認為「流」為具、生之意,「流形」即是「具有形質」。如《周易·乾·象》:「雲行雨施,品物流行。」「品物流行」即「品物具形」。《管子·水地》:「人,水也。男子精氣合,而水流行。」「水流行」即「水具形」。《禮記·孔子閒居》:「地載神氣,神氣風霆,風霆流行,庶物露生,無非教也。」「風霆流行」即「風霆生形。」〔註9〕

3、化

吳國源引《廣雅·釋詁》:「流,化也。」王念孫《疏證》:「《漢書·董仲舒傳》曰:『有火復于王屋流為鳥。』」是「流」為「化」也。「化」即「成」,所

〔註7〕 季師旭昇:〈上博七芻議三:凡物流形〉,(復旦大學出土文獻與古文字研究中心網站 http://www.gwz.fudan.edu.cn/SrcShow.asp?Src_ID=603,2009 年 1 月 3 日)。

〔註8〕 馬承源主編:《上海博物館藏戰國楚竹書(七)·〈凡物流形·甲篇〉》,(上海:上海古籍出版社,2008 年 12 月),頁 223。

〔註9〕 廖名春:〈《凡物流形》校讀箚記(一)〉,清華大學簡帛網(http://www.confucius2000.com/qhjb/fwlx3.htm),2008 年 12 月 31 日。

以「流形」即「成形」或「化成形」。〔註10〕

　　季師旭昇更進一步闡說，認爲「流」，依嚴格訓詁，似可訓爲「傳」，引申爲「化」。」此外簡文先說「凡物流形，奚得而成」，接著說「流形成體，奚得而不死」，又說「既成既生，奚顧而名〔註11〕」，可見「流形」與「成體」有別，「流形」即「成」，「形」爲形式義、材質義，屬外在；「成體」即「生」，爲實質義、生命義，屬內在。〔註12〕

　　顧史考認爲「流」字義近於「化」、「成」等詞，但「流」字本義不該被忽略：

　　　　本篇開宗明義便問及形而上學最根本的一個問題，即天下萬物究竟是何以原成其形體的？萬物既已成形體，既已得的生命，又何以不立即消失、解體或死去？在此混沌宇宙分合而成爲天地、四時、萬物，且造出生點候過程中此一「流」字似乎最爲關鍵。郭店楚簡〈太一生水〉以「水」爲天地萬物之源，戰國諸子之著亦多以「氣」的概念來形容萬物生命之根源，此一「流」亦同樣顯現出宇宙氣體在形成天地萬物過程中的重要性。雖是疑問句，然疑問中亦已具有某種對宇宙形成的基本理解在內。〔註13〕

　　心怡案：「凡物流形」句意，依學者之說，是指萬物構成形體之意，「流」則具有化生義。《馬王堆帛書・胎產書》中提到了孕婦懷胎十月期間，胎兒形成的不同名稱：「一日名曰留刑……二日始膏……三月始脂……四月而水授之……乃始成血……五月而火授之，乃始成氣……六月而金授之，乃始成筋……七月而木授之，乃始成骨…：八月而土授之，乃始成膚革……九月而石授之，乃始

〔註10〕吳國源：〈《上博七・凡物流形》零釋〉，清華大學簡帛網，（http://www.confucius2000. com/qhjb/fwlx5.htm），2009 年 1 月 1 日。

〔註11〕此處「奚顧而『名』」，陳偉〈讀《凡物流形》小箚〉武大簡帛網 http://www.bsm.org. cn/show_article.php?id=932，2009.1.2 首發）謂「『鳴』恐當讀爲『名』，應是命名、稱謂一類意思。」其說可從。

〔註12〕季師旭昇：〈上博七芻議三：凡物流形〉，復旦大學出土文獻與古文字研究中心（http://www.gwz.fudan.edu.cn/SrcShow.asp?Src_ID=603）2009 年 1 月 3 日。

〔註13〕顧史考：〈上博七〈凡物流形〉上半篇試探〉，復旦大學出土文獻與古文字研究中心（http://www.gwz.fudan.edu.cn/SrcShow.asp?Src_ID=875，2009 年 8 月 23 日）。

成毫毛……十月氣陳□□，以爲……。」〔註14〕「留刑」指的是人的最初始的形成再凝而爲「成膏」、「成脂」，最後逐漸成人。〔註15〕「留刑」可通作「流形」，留、流上古音同爲來紐幽韻；刑、形上古音同爲匣紐耕韻。〔註16〕〈凡物流形〉的「流形」若從《馬王堆帛書・胎產書》的醫學觀點來看，即是由流質體慢慢成形。從形上學的角度來看，如顧史考所言，「流」是顯現出宇宙氣體在形成天地萬物過程中的重要性，應是一種持續不斷的作用，而致使萬物生成。「凡物流形」應如《周易・乾卦》所云：「雲行雨施，品物流行。」相當。

　　另外，簡1開頭作「凡物流形」，於簡3背亦見此四字，爲本篇篇題。同樣的情形亦見於上博二《容成氏》於53簡背亦書有「容成氏」〔註17〕，整理者認爲是篇題。

【3】型

　　〈凡物流形〉甲、乙二本出現的「型」字共有八個，然此八字，依其字形不同又可分爲三類：

　　　　A類：（甲1）、（甲1）、（甲2）、（乙1）、
　　　　　　（乙1）、（乙2），字從「丹」，中無一點。

　　　　B類：（甲3正），字從「丹」且中有一點。

　　　　C類：（甲3背），字從「井」不從「丹」。

　　《說文》：「丹，巴越之赤石也。象采丹井。丶像丹形。凡丹之屬皆從丹。」在金文中從「丹」的字往往也從「井」，如弭伯簋「彤」字作「」（《金文編817》）、牆盤「青」字作「」（《金文編》818）、靜簋「靜」字作「」（《金

〔註14〕馬王堆漢墓帛書整理小組編：《馬王堆漢墓帛書【肆】》，（北京：文物出版社），1983年，頁136。

〔註15〕此說法爲陳惠玲學姐於台師大戰國文字研究課堂學期報告提出的看法，2009年4月16日。

〔註16〕本書上古音分部依陳師新雄《古音學研究》之分部，後不再注明出處。

〔註17〕《容成氏》整理者李零說：「篇題存，在第五十三簡背，作「訟成氏」，從文義推測，當是本篇首王名中的第一個名字而題之。」見馬承源主編：《上海博物館藏戰國楚竹書（二）・〈容成氏・說明〉》，（上海：上海古籍出版社，2002年），頁293。

文編》819），已經可以證明「丹」字和「井」字有很密切的關係。〔註18〕

由上列 A、B、C 三類來看，同一書手在「型」字上或寫作「丹」、或寫作「井」二者混用無別，故《郭店‧老子》乙篇「型」有作「」，隸作坓，釋爲「形」。

「型」與「形」在戰國簡帛中常常通假，如《郭店‧老子》乙篇云：「大音祇（希）聖（聲），天象亡坓（形）」，今本《老子》第四十一章作「大音希聲，大象無形」，由傳世《老子》對勘來看，《郭店‧老子》乙篇的「」（坓）即釋爲「形」。

〔2〕系（奚）导（得）而城（成）【1】

【1】城

「成」，簡文甲本簡1作、乙本簡1作，就字形上來看，應隸定爲「城」，釋作「成」。李家浩曾指出在楚簡中「」（郭‧緇‧35）、「」（《郭‧老甲‧17》二字形，前者從「丁」，是「成」字，後者其實應該是「城」字，字形是把「土」旁寫在「成」旁之下，並把「土」與「丁」的筆劃共用。〔註19〕高佑仁學長認爲楚文字中的「城」字常將「丁」、「土」共筆的部件聲化作「壬」，從「聲化」的角度來解釋字形如此演變的原因。〔註20〕

古文字中常見「城」與「成」通假。如，《上博一‧緇衣》簡14：「子曰：正（政）之不行，喬（教）之不壾（成）也。」今本《禮記‧緇衣》「壾」作「成」。「壾」即「城」，「成」與「城」通。《左傳‧文公十一年》：「齊王子成父獲其弟榮如。」《史記‧魯周公世家》「成」作「城」。又《上博一‧孔子詩論》簡5：「又城（成）工（功）者可（何）女（如）？」簡6：「昊=（昊天）又城（成）命，二后受之。」《毛詩》「城」作「成」等例可參。

〔註18〕季師旭昇：《說文新證》（上冊），（臺北：藝文印書館，2002 年 10 月），頁 422。

〔註19〕李家浩：〈讀《郭店楚墓竹簡》瑣議〉，《郭店楚簡研究》，中國哲學第二十輯，（瀋陽：遼寧教育出版社，1999 年 1 月），頁 349。

〔註20〕高佑仁：《上海博物館藏戰國楚竹書（四）‧曹沫之陣》研究，台灣師範大學國文研究所，碩士論文，2007 年 6 月，頁 55。

〔3〕流型（形）城（成）豊（體）【1】

【1】豊（體）

豊（體），簡文甲本簡 1 作 形，乙本簡 1 作 形。

原考釋曹錦炎認爲「豊」，讀爲「體」：指出《說文》：「豊，讀與禮同。」而「禮」與「體」相通。如《詩·邶風·谷風》：「無以下體」，《韓詩外傳》卷九引「體」作「禮」。〔註21〕

「豊」通假作「體」之例，見於《郭店·語叢一》：「其豊（體）又（有）容，又（有）頷（色）又（有）聖。」其中「豊」即作「 」，可以參看。

〔4〕祭（奚）募（顧）【1】而鳴（名）【2】

【1】募（顧）

簡文「募」字字形爲：「 」，此字形爲戰國楚系常見的「募」字寫法，對於此字可以歸類有以下三種說法：

1、募字省體，讀為「呱」

原考釋者曹錦炎作「募」，爲「募」字省體，讀爲「呱」。「募」、「呱」古音均隸見母魚部，兩字爲雙聲疊韻關係，例可相通。引申爲叫喊，此處指嬰兒啼哭。〔註22〕李銳亦讀爲「呱」但沒有加以解釋。〔註23〕

2、讀作「顧」

復旦大學讀書會（鄔可晶執筆）將此字隸作「募」，惟在其後括注懷疑可能讀爲「顧」，但沒有說明〔註24〕。廖名春認爲「募」當讀爲「顧」。朱駿聲《說

〔註21〕馬承源主編：《上海博物館藏戰國楚竹書（七）·〈凡物流形·甲篇〉》，（上海：上海古籍出版社，2008 年 12 月），頁 224。

〔註22〕馬承源主編：《上海博物館藏戰國楚竹書（七），上海：上海古籍出版社，2008 年 12 月，225 頁。

〔註23〕李銳：《〈凡物流形〉釋文新編(稿)》，清華大學簡帛網（http://jianbo.sdu.edu.cn/admin3/ 2008/lirui006.htm）2008 年 12 月 31 日。

〔註24〕復旦大學讀書會：《〈上博七·凡物流形重編釋文〉》，（復旦大學出土文獻與古文字研究中心網站 http://www.gwz.fudan.edu.cn/SrcShow.asp?Src_ID=5812008 年 12 月 31 日。）

文通訓定聲・豫部》：「寡，假借爲顧。」如《禮記・緇衣》：「故君子寡言而行。」鄭玄注：「寡當爲顧，聲之誤也。」郭店楚簡《老子》甲本：「居以募復也」即「居以顧復也」。「奚募而鳴」即「奚顧而鳴」。顧，念也。〔註25〕

3、讀作「畫」

楊澤生以爲「募」應讀作「畫」。「募（寡）」字古音屬見母魚部，「畫」屬匣母錫部。見、匣二母都是喉音，比較接近。畫有書、繪之義。簡文「奚畫而鳴」就是怎樣書繪並予以命名。〔註26〕

心怡案：「募」字簡文作「」，從字形上來看，原考釋者隸作「募」可從，但讀爲「呱」，於簡文指嬰兒啼哭，在文意上似乎不合。〔註27〕筆者認爲復旦大學讀書會將「募」讀爲「顧」可從。朱駿聲《說文通訓定聲》云：「寡，假借爲顧。」「募」讀爲「顧」的用法，有見於出土文獻及傳世文獻：

1、：祭公之募（顧）命員（云）毋呂少惡（謀）敗大惹（圖）

   《上博一・緇衣・簡12》

2、：君子募（顧）言而行《上博一・緇衣・簡17》

3、：視前募（顧）後九惠是鼎《上博六・用曰・簡5》

4、君子寡言而行以成其信《禮記・緇衣》

上舉四例中，對照今本《禮記・緇衣》：「君子寡言而行，以成其信。」鄭玄注：「寡當爲顧，聲之誤也。」可以知道「募」讀爲「顧」。

就字義上來說，「顧」字古有「視」義，《玉篇・頁部》：「顧，瞻也。」《爾雅・釋詁下》：瞻，視也。《呂氏春秋・愼勢》：「行者不顧。」高誘注：「顧，

〔註25〕廖名春：〈《凡物流形》校讀箚記（一）〉，清華大學簡帛網（http://www.confucius2000.com/qhjb/fwlx3.htm）2008 年 12 月 31 日。

〔註26〕楊澤生：〈《上博七》補說〉，復旦大學出土文獻與古文字研究中心網站（http://www.gwz.fudan.edu.cn/SrcShow.asp?Src_ID=656）2009 年 1 月 14 日。

〔註27〕楊澤生於〈《上博七》補說〉謂：按此解釋，「呱」和「鳴」語意重複，而且根據上文，「既成既生」者應該還包括不會啼叫之物，所以其說當不可信。」復旦大學出土文獻與古文字研究中心網站（http://www.gwz.fudan.edu.cn/SrcShow.asp?Src_ID=656）2009 年 1 月 14 日。

視也。」白於藍也指出，今本《老子》及馬王堆漢墓帛書本《老子》中與「寡（顧）」字相對應的字是「觀」，觀字古亦有視義。《說文》：「觀，諦視也。」《廣雅‧釋詁一》：「觀，視也。」則顧、觀同意。〔註28〕因此簡文「寡」可讀爲「顧」，有「顧視、觀照」之意。

【2】鳴

關於「鳴」字解釋有二說：

1、指嬰兒啼哭

原考釋者認爲「鳴」，鳥叫，如《易‧中孚》：「鳴鶴在陰，其子和之。」引申爲叫喊，在此處指嬰兒啼哭。〔註29〕

2、命名、稱謂

陳偉認爲「鳴」讀爲「名」：「鳴」恐當讀爲「名」。《廣雅‧釋詁三》：「鳴，名也。」《大戴禮記‧夏小正》：「鳩則鳴。鳩者，百鷯也。鳴者，相命也。」《文選》陸機《長安有俠邪行》「傾蓋乘芳訊，欲鳴當及晨。」李善注：「明與鳴同，古字通也。」命、明皆與「名」通假。這裡的「名」，應是命名、稱謂一類意思。郭店竹書《語叢一》2 號簡、有物有名」，可參照。〔註30〕季師旭昇、楊澤生皆從之。

心怡案：原考釋者以爲「鳴」爲嬰兒啼哭之說，不符本簡句意。〔註31〕陳偉的說法可從。名、鳴、命，古同聲同義，《廣雅‧釋詁》：「命、鳴，名也。」《春秋繁露‧深察名號》：「古之聖人，謞而效天地，謂之號，鳴而施命，謂之名。名之爲言鳴與命也，號之爲言謞而效也，謞而效天地者爲號，鳴而命

〔註28〕白於藍：〈郭店楚簡拾遺〉，（廣州：華南師範大學學報（社會科學版），2000 年，第 3 期），頁 88。

〔註29〕馬承源主編：《上海博物館藏戰國楚竹書（七）》，（上海：上海古籍出版社，2008 年 12 月），頁 225。

〔註30〕陳偉：〈讀《凡物流形》小箚〉，武漢大學簡帛網（http://www.bsm.org.cn/show_article.php?id=932，2009 年 1 月 2 日）。

〔註31〕楊澤生：《《上博七》補說》按語：「呱」和「鳴」語意重複，而且根據上文，「既成既生」者應該還包括不會啼叫之物，所以其說當不可信。（上海：復旦大學出土文獻與古文字研究中心網站：http://www.gwz.fudan.edu.cn/SrcShow.asp?Src_ID=656，2009 年 1 月 14 日）。

者爲名，名號異聲而同本，皆鳴號而達天意者也。」意思是古代聖人，把大聲呼叫以效法天地之意叫做「號」，發出聲音給事物命名叫做「名」，所以「名」就是「鳴」和「命」的意思。「號」就是「謞」和「效」的意思。發出大的聲音和效法天地之意的叫做「號」；發出鳴聲而給事物加上名義的叫做「名」，名和號聲音不同，而根本卻一樣，都是用「鳴」、「謞」來表達天意的。

又《尹文子》：「名有三科：一曰命物之名，方圓白黑是也。二曰毀譽之名，善惡貴賤是也。三曰況謂之名，賢愚愛憎是也。」據此，「鳴」，可訓爲「名」，有命名之意。

〔5〕既枭（本）【1】既根【2】

【1】枭（本）

本，簡文甲本簡 1 作 形，乙本簡 1 作 形。學者對於此字的討論茲列於下：

原考釋者曹錦炎認爲「枭」，即「拔」字古文，見《古文四聲韻》引古《老子》，象兩手拔樹之形。引《說文》說明「拔」有「抽拔」之意。〔註32〕

復旦大學讀書隸作「本」。〔註33〕李銳亦作「本」。〔註34〕

顧史考認爲是「拔」字之訛變，則「拔」與「根」似是農作物之稼穡喻生死之事。〔註35〕

心怡案：簡文 爲「本」字的異體，與「拔」字古文不同。「拔」字在楚系文字中作 （《郭・老乙・15》）、（《郭・性・23》）、（《郭・性・63》）、（《上博一・性・14》），即象兩爪（手）拔樹之形，其「爪」形非常明顯，

〔註32〕馬承源主編：《上海博物館藏戰國楚竹書（七）》，（上海：上海古籍出版社，2008年 12 月），225 頁。

〔註33〕復旦大學出土文獻與古文字研究生讀書會（鄔可晶執筆）：〈《上博七・凡物流形》重編釋文〉，（上海：復旦大學出土文獻與古文字研究中心網站：http://www.gwz.fudan. edu.cn/SrcShow.asp?Src_ID=581，2008 年 12 月 31 日）。

〔註34〕李銳：〈《凡物流形》釋文新編（稿）〉，（北京：清華大學簡帛研究網站：http://jianbo.sdu. edu.cn/admin3/2008/lirui006.htm，2008 年 12 月 31 日）。

〔註35〕顧史考：〈上博七〈凡物流形〉上半篇試探〉，復旦大學出土文獻與古文字研究中心（http://www.gwz.fudan.edu.cn/SrcShow.asp?Src_ID=875，2009 年 8 月 23 日）。

且兩爪之間的「木」是上貫於兩爪之間；而細察簡文 字，是「臼」形置於「木」上，「木」並沒有上貫於「臼」形之間，相同字形亦見於《上博四‧曹沬之陣》簡 20，作 。

晉、楚文字加「臼」或與「凵」同意，表示地下，木下則簡化成一點。〔註 36〕「本」或作 （《郭‧成‧12》）、（《上博一‧孔‧5》），偏旁上下互換，但仍是「本」字無誤。李守奎將此現象稱爲「調整偏旁方位」〔註 37〕。

【2】 槿（根）

根，簡文甲本簡 1 作 ，乙本簡 1 作 。原考釋者曹錦炎以爲「槿」，讀爲「根」，其說可從：

> 《老子》「夫物芸芸，各復歸其根」，郭店楚簡本作「天道員員，各邍（復）丌（其）堇（根）」，「根」作「堇」。「堇」、「根」古音皆隸見母文部，兩字爲雙聲疊韻關係，「槿」從「堇」聲，故「槿」、「根」可通。〔註 38〕

「槿」讀爲根，亦見馬王堆帛書《老子》甲本《德經》：「是胃（謂）深槿固氐（柢）」，「槿」，乙本及今傳世本皆作「根」。

〔6〕紊（奚）遂之 【1】紊（奚）先

【1】之

廖名春認爲此「之」字表並列或聯合關係，相當於「與」。「奚後之奚先」猶奚後與奚先，也可作「奚先與奚後」。〔註 39〕

心怡案：此處的「之」，應是作語中助詞用，在句中，毫無意義和作用。如果將「之」略而不用，而作「奚後奚先」亦不損本篇所要表達的意思。

〔註 36〕季師旭昇：《說文新證》（上冊），（臺北：萬卷樓，2004 年），頁 484。

〔註 37〕李守奎：〈《曹沬之陣》之隸定與古文字隸定方法初探〉，（北京：學苑出版社，2005 年 6 月），頁 497。

〔註 38〕馬承源主編：《上海博物館藏戰國楚竹書（七）》，（上海：上海古籍出版社，2008 年 12 月），頁 225。

〔註 39〕廖名春：〈《凡物流形》校讀零箚（一）〉，（清華大學孔子研究網：http://www.confucius 2000.com/qhjb/fwlx3.htm，2008 年 12 月 31 日）。

〔7〕佥（陰）昜（陽）之尻（處）【1】，㝅（奚）㝵（得）而固【2】？

【1】尻（處）

「尻」字簡文甲本簡 2 作形，原考釋者隸作「层」，從「示」，從「尸」，楚文字「屍」字之繁構。但從文義及下文（第十六簡）「尻」字訛作「层」來看，此處原本也是「尻」字，乃形近致訛。用法當從《說文》訓爲「处」（處），義同「居」。〔註40〕

復旦大學讀書會認爲「层」應讀爲「序」〔註41〕，並未說明原因，其後又撰文詳述將「层」讀爲「序」的原因在於「陰陽之處」或「陰陽之居」說法頗爲陌生，而提出讀爲「序」的說法：

> 《春秋繁露·精華》：「故變天地之位，正陰陽之序，直行其道，而不忘其難，義之至也。」「固」有「定」義（《故訓滙纂》398 頁），與「正陰陽之序」之「正」相近。不過，「尻」用爲「序」在楚文字中未見其例，故加問號以示不敢肯定。〔註42〕

季師旭昇認爲「层」似不能釋爲中性義的「尻」或「序」：

> 這二句應該是承上文「凡物流形」、「流形成體」而來，而凡物流形的上層當是「陰陽之尻」、「水火之和」。如果此義可以成立，那麼本句的「层（夷）」字似可讀爲「濟」，陰陽既濟，水火既和，因而萬物得以化形成體。……「陰陽既濟」與「水火既和」相對成句，「和」屬正面價值的詞，那麼「层」也應該屬於正面價值義，似不能解釋爲中性義的「尻」或「序」。〔註43〕

〔註40〕馬承源主編：《上海博物館藏戰國楚竹書（七）》，上海：上海古籍出版社，2008 年 12 月，226-227 頁。

〔註41〕復旦大學出土文獻與古文字研究生讀書會（鄔可晶執筆）：〈《上博七·凡物流形》重編釋文〉，（上海：復旦大學出土文獻與古文字研究中心網站：http://www.gwz.fudan.edu.cn/SrcShow.asp?Src_ID=581，2008 年 12 月 31 日）。

〔註42〕鄔可晶：〈談《上博（七）·凡物流形》甲乙本編聯及相關問題〉：復旦大學出土文獻與古文字研究中心（http://www.gwz.fudan.edu.cn/SrcShow.asp?Src_ID=636）2009 年 1 月 7 日。

〔註43〕季師旭昇：〈上博七芻議三：凡物流形〉：復旦大學出土文獻與古文字研究中心

凡國棟認為應讀作「徙」，「层」、「徙」均從「尸」得聲，當可通假。徙，即遷移之意。〔註44〕

鄔可晶又提出「层」應該就如原考釋者曹錦炎所釋，很可能是正確的：

楚簡中的「尻」多用「處」，這是大家所熟悉的。在《上博（三）·周易》中，與簡本「尻」對應之字，在今本中多作「居」，與《說文》和傳世古書以「尻」為「居」同，如：簡16：「（陸—隨）求又（有）旻（得），利尻（居）貞。」簡25：「（拂）經，尻（居）貞吉，不可涉大川。」簡26：「尻（居）吉。」如果《凡物流形》「陰陽之尻」的「尻」的用法同於《周易》，那麼，「陰陽之居」的說法就跟「天地八風五行客主五音之居」完全一致了。不過，由於上博簡《周易》的文字風格和用字習慣比較複雜，既有楚系文字的特徵，又有秦系文字和楚、秦之外的文字系統的特徵，以「尻」為「居」很可能屬於非楚系文字的用字習慣；「陰陽之尻」的「尻」還是應從絕大多數楚文字的用字習慣讀為「處」。即便如此，「居」、「處」音義皆近，「陰陽之處」與「天地八風五行客主五音之居」也是十分接近的，後者仍能證明前者的說法可以成立。郭店簡《性自命出》簡54「獨尻（處）而樂」，《上博（一）·性情論》簡23作「獨居而樂」，就是「尻（處）」、「居」換用的一個例子。

總之，「陰陽之尻（處）」的「尻（處）」和「天地八風五行客主五音之居」的「居」，都是指所居處的方位而言。《漢書·王吉列傳》：「使男事女，夫詘於婦，逆陰陽之位，故多女亂。」《太平經·闕題》：「本天地元氣，合陰陽之位。」「陰陽之位」與「陰陽之尻（處）」的意思並無多少出入，其義與「序」亦相類，所以上面關於「陰陽之序」的解釋對「陰陽之尻（處）」同樣適用。

（http://www.gwz.fudan.edu.cn/SrcShow.asp?Src_ID=603）2009年1月3日。但是2009年1月8日，在台師大戰國文字的課堂上討論《上博七·凡物流形》時，季師放棄此說，指出此字就簡形來看無疑就是「處」字。

〔註44〕凡國棟：〈上博七《凡物流形》2號簡小識〉，武漢大學簡帛網（http://www.gwz.fudan.edu.cn/SrcShow.asp?Src_ID=603）2009年1月7日。

顧史考亦肯定原考釋者曹錦炎「處」字之說，認爲不必改讀。〔註45〕

心怡案：本簡「⿰」字，就字形上來看，應隸作「尻」讀爲「處」字。楚系文字「尻」字有六種寫法：

A 類：⿰（郭‧成‧34）、⿰（郭‧性‧54）

B 類：⿰（包‧7）、⿰（郭‧語三‧36）、⿰（帛‧甲1‧69）

C 類：⿰（包‧3）、⿰（郭‧老甲‧22）、⿰（郭‧語三‧10）

D 類：⿰（包‧238）、⿰（九‧M56‧45）

E 類：⿰（天卜）、⿰（天卜）

F 類：⿰（郭‧成‧23）

由上述六種寫來看，可以知道「人」形不變，而「幾」形變化較多，本簡所論之字「⿰」右半所從，接近 D 類字，唯省去一豎筆，故當隸作「尻」。

其次，「尻」當讀爲「處」，才能與下文「奚得而固」的「固」字有合理的解釋。季師旭昇指出「尻」讀爲處：

「尻」也可以讀「處」。《包山》簡238：「囚左尹𨒅踐邊尻。」一般讀「尻」爲「處」，字作「⿰」。《郭店‧緇衣》簡9在同樣的字形下加「日」形作「⿰」，辭云：「〈君牙〉員（云）：『日△雨，小民唯日怨。』」袁國華指出：「『△』係『處』字的異構，……『處』古意屬昌母魚部；『暑』古意屬禪母魚部，故『處』『暑』二字可通假。」……此處的「⿰」「尻」字讀音應與「處」字相同……。」

〔註46〕

凡國棟以爲當讀爲「徙」，「徙」見《說文‧辵部》：「徙，迻也。從辵，止聲。𢓊，徙或從彳。⿰，古文徙。」《說文》以爲從「止聲」，似與凡國棟所說「徙」從「尸聲」不符。關於「徙」字，季師旭昇在《說文新證》裡有詳細說明，茲摘錄於下：

〔註45〕顧史考：〈上博七〈凡物流形〉上半篇試探〉，復旦大學出土文獻與古文字研究中心（http://www.gwz.fudan.edu.cn/srcshow.asp?src_id=875，2009 年 8 月 24 日），本篇亦見於《「傳統中國形上學的當代省思」國際學術研討會論文集》；臺北：臺灣大學哲學系主辦，2009 年 5 月 7～9 日，發表。

〔註46〕季師旭昇：《說文新證》（下），臺北：藝文印書館，2004 年 11 月，250 頁。

甲骨文從尸從少（心怡案：甲骨字形作「（乙8295）」），胡
厚宣釋屎（胡厚宣〈再論殷代農作施肥問題〉），以爲同於《說文》「徙」字
的古文「」；裘錫圭以爲「把屎跟《說文》『徙』字看作一個字，
是可信的。李家浩認爲卜辭屎田就應該讀爲「徙田」，可能跟古書
中所說的爰田意近。……屎田似可讀爲還田。」（裘錫圭〈甲骨文所見的
商代農業〉，又《古文字論集》178頁）俞偉超請李家浩爲此字撰說：「甲骨
文屎字或可作「。古『少』、『小』本是一字，……胡厚宣曾經指
出屎即《說文》『徙』字古文『』是正確的。李家浩並指出見於
出土古文字材料中的漢代「徙」字都寫作「辵」「少」，沙，徙古音
相近，徙當爲從，辵、沙省聲。《說文》的「」應即「屎」字之
訛。……《孟子·滕文公上》「死徙無出鄉」趙岐注：「徙，謂爰土
易居，平肥磽也。」（俞偉超《國古代公社組織的考察——論先秦兩漢的單—僤—
彈》6-53頁）……據此，「徙」之初文作「屎」，從尸沙省聲，漢以後
改爲從辵沙省聲。

　　……《包山》、《望山》楚簡亦有「徙」字。秦漢文字從辵、少
聲。《說文》小篆、或體、古文字形各有訛變。〔註47〕

據上可知「徙」，從辵、「少」聲，並非凡國棟以爲「徙」字從「尸」聲。另外
就諧韻來看亦不相韻，茲錄簡文如下：

　　陰陽之處（**魚部**），奚得而固（**魚部**）。

　　水火之和（**歌部**），奚得而不差（**歌部**）。

從諧韻上來看，讀爲「處」則可與下句「固」字相韻；若讀爲「徙」，爲支部
字，則無法與「固」字相韻。因此從字形、字義、字音上來看，本簡「」字
應隸作「尻」讀爲「處」。

【2】固

　　原考釋者認爲「固」，即穩固，固定之義。《書·五子之歌》：「民惟邦本，
本固邦寧。」《國語·魯語上》：「晉始伯而欲固諸侯。」《楚辭·天問》：「安得
夫良藥，不（而）能固臧？」《楚辭·九辯》：「恐時世之不固。屈原《楚辭·天

〔註47〕季師旭昇：《說文新證》（上），臺北：藝文印書館，2004年11月，112～113頁。

問》：「陰陽三（參）合，何本何化？」與本句也可互參。〔註48〕

凡國棟疑讀爲「痼」，指長久不能痊癒的疾病：

> 固，疑讀爲「痼」，謂長久不癒之病。《禮記·月令》：「（季冬之月）行春令，則胎夭多傷，國多固疾。」鄭玄注：「生不充性，有久疾也。」陰陽在古代用法頗多，形而上之可指抽象的兩大對立面，即天地間化生萬物的二氣；形而下之可指日月、天地、晝夜、男女、寒暑、四時等概念。這裡疑用作四時講。據上引《禮記·月令》句可知古人認爲行事若不當時令，會招致災禍疾病。簡文「陰陽之徙」的意思正與此相近。句意大致是說，陰陽四時的遷移，怎麼會生出痼疾呢？〔註49〕

心怡案：固，即「穩固」之意。《玉篇·口部》：「固，堅固也。」段玉裁《說文解字注·口部》云：「凡堅牢曰固。」如《詩·小雅·天保》「天保定爾，亦孔之固」。毛傳云：「固，堅也。」簡文「奚得而固」與上句「陰陽之處」二句的意思爲：「陰陽所處的位置，爲什麼能夠如此穩固呢？」

〔8〕衆（奚）尋（得）而不砡（差）【1】？

【1】砡

本句主要討論「𡉚」字，關於本字隸定有「𡉚」、「厃」（危）、「座」、「砡」、四種說法，分別敘述如下：

1、將「𡉚」隸作「𡉚」

原考釋者以爲「𡉚」，「厚」字古文，《說文》：「𡉚，古文厚，從后、土。」從簡文構形分析，當是「從石、土」會意。〔註50〕吳國源同意此說。〔註51〕

〔註48〕馬承源主編：《上海博物館藏戰國楚竹書（七）》，上海：上海古籍出版社，2008年12月，227頁。

〔註49〕凡國棟：〈上博七《凡物流形》2號簡小識〉，武漢大學簡帛網（http://www.bsm.org.cn/show_article.php?id=960）2009年1月7日。

〔註50〕馬承源主編：《上海博物館藏戰國楚竹書（七）》，上海：上海古籍出版社，2008年12月，227頁。

〔註51〕吳國源：《上博七·凡物流形》零釋〉，清華大學簡帛研究（http://www.confucius2000.

2、將「」隸作「厓」

復旦大學讀書會隸作「厓」後括注「危－詭」，沒有說明。〔註52〕

秦樺林認爲「」實爲「危」字之異體，從廣、坐聲：

> 筆者認爲，「」實爲「危」字之異體，從廣、坐聲。坐、危同爲歌部字。所從聲旁「坐」，可與以下楚文字進行對比：

〈凡物流形〉簡 2	《容成氏》簡 14 坐	《鬼神之明・融師有成氏》簡 7 坐	《天子建州》甲簡 6 坐	《君子爲禮》簡 1 逤	《柬大王泊旱》簡 18 逤讀爲「危」

其中兩「逤」字，李守奎「疑爲『坐』之異體」。上博簡《簡大王泊旱》簡 18：「必三軍有大事，邦家以軒▉（杌陧），社稷以逤（危）與？」陳劍指出：「逤」從「坐」聲，古代之「坐」本即「跪」，「危」應是「跪」之初文，「危」與「坐」形音義關係皆密切，很可能本爲一語一形之分化。其說可信，所以《凡物流形》簡 2 的「」從廣、「坐」聲，讀爲「危」。這點亦可在同篇的簡 26 中得到印證：「▉（危）伎（安）鷹（存）忘（亡），惻（賊）愬（盜）之复（作）。」「危安存亡」，又作「安危存亡」，先秦典籍中恒語，如《荀子・王霸》：「此亦榮辱安危存亡之衢已，此其爲可哀甚於衢塗。」《呂氏春秋・審分》：「故君人者，不可不察此言也。治亂安危存亡，其道固無二也。」《文選・過秦論》李善注引《愼子》：「廊廟之材，蓋非一木之枝。狐白之裘，非一狐之皮也。治亂安危存亡榮辱之施，非一人之力也。」因此，復旦讀書會釋「」爲「危」，極是。

「水火之和，奚得而不危？」其中「危」，復旦讀書會讀爲「詭」，可從。《淮南子・說林訓》：「衡雖正，必有差；尺寸雖齊，必有詭。」高誘注：「詭，不同也。」《論語・子路》：「子曰：『君

---

com/qhjb/fwlx5.htm）2009 年 1 月 1 日。

〔註52〕復旦大學讀書會：〈《上博七・凡物流形》釋文重編〉，復旦大學出土文獻與古文字研究中心（http://www.gwz.fudan.edu.cn/SrcShow.asp?Src_ID=581）2008 年 12 月 31 日。

子和而不同，小人同而不和。』簡文「不詭」，意即同簡的「和」
字。〔註53〕

其後，鄔可晶又提出補充，認為「危」當為當讀為「詭」，訓為「變」：

「得而不挫」的講法從表達習慣一說有些怪異。至於讀為「差」，
恐怕也有可商之處。上博簡中自有「差」字，可隸定為「𡍖」，在《上
博（三）仲弓》簡19裡就用為「差忒」之「差」：「山又（有）壟（堋
一崩），川又（有）滐（竭），胃＝（日月）星口（辰）猷（猶）𡍖（差），
民亡（無）不又（有）怣（過）。」「差」從「左」聲，故在《上博
（五）·季康子問於孔子》簡11中，用「左」表示「差」這個詞：
「母（毋）乃肥之昏（問）也是（寔）**右**（左－差）虖（虖－乎）？」
以「砐」表「差」，從用字習慣上說並不合適。「砐」、「差」雖然上
古音很近，但「砐」在中古屬於合口一等，「差」屬於開口二等，
二者的開合口和等呼都不一樣；以「砐」表「差」，從音韻學上說
也不能密合。既然釋為從「坐」之字都不完美，就應從釋為從「跪」
之字的角度考慮。我們認為此字當釋為「危」。「和」、「危」都是歌
部字，符合押韻的要求，若釋「垕（厚）」則失韻。「危」當讀為「詭」，
訓為「變」或「違」。《管子·七法》說：「正天下有分：則、象、
法、化、決塞、心術、計數，根天地之氣，寒暑之和，水土之性，
人民鳥獸草木之生物，雖不甚多，皆均有焉，而未嘗變也，謂之則。」
《後漢書·孝和帝紀》：「陰陽不和，水旱違度。」可參考。尤其是
「𡉚」在簡26中與「侒」連說，釋讀為「危安鷹（存）忘（亡）」
文從字順，更可肯定應釋為「危」而非「座」或「砐」。〔註54〕

侯乃峰同意秦樺林針對「坐」與「危」之間的關係說法。〔註55〕

〔註53〕秦樺林：〈楚簡《凡物流形》中的「危」字〉，武漢大學簡帛網（http://www.bsm.org.
cn/show_article.php?id=950）2009年1月4日。

〔註54〕鄔可晶：〈談《上博（七）·凡物流形》甲乙本編聯及相關問題〉，復旦大學出土文
獻與古文字研究中心（http://www.gwz.fudan.edu.cn/SrcShow.asp?Src_ID=636）2009
年1月7日。

〔註55〕侯乃鋒：〈上博（七）字詞雜記六則〉，復旦大學出土文獻與古文字研究中心
（http://www.gwz.fudan.edu.cn/SrcShow.asp?Src_ID=665）2009年1月16日。

3、將「」隸作「座」

李銳認爲簡文字形似爲「座」（參本篇簡 15「坐」字），此疑讀爲「挫」。〔註 56〕

4、將「」隸作「硳」

宋華強懷疑可隸定爲「硳」，分析爲從「石」省「坐」聲。「坐」屬從母歌部，「硳」屬清母歌部，二字音近，「硳」可能是「磋」字異體，在簡文中當讀爲「差」。《說文》：「差，不相值也。」《管子・宙合》：「苟有唱之，必有和之，和之不差，因以盡天地之道。」雖然是說音聲相和，與簡文說水火之和不同，不過「和之不差」一語，還是可以和簡文參照的。〔註 57〕

季師旭昇認爲宋華強說法頗爲合理，此外認爲此字從「石」，楚文字多有如此做者（「廣」與「石」本同類），不必視爲省形。〔註 58〕

凡國棟認爲宋華強的字形分析可信，讀爲「差」也甚好，唯「差」字解釋引《方言》曰：「差，愈也。南楚病癒者謂之差。」因此「差」字有病除、痊癒之意。〔註 59〕

心怡案：從字形上分析，「」確實是從「石」從「坐」。戰國文字「坐」字字形有二種寫法：

A 類：（雲夢・秦律・82）

B 類：（信陽・2・18）、（包山・243）、（九店・56・19）、（上博二・容・14）、（上博六・天子（甲）・6）

〔註 56〕李銳：〈《凡物流形》釋文新編（稿）〉，清華大學簡帛研究（http://jianbo.sdu.edu.cn/admin3/2008/lirui006.htm）2008 年 12 月 31 日。

〔註 57〕宋華強：〈《上博七・凡物流形》箚記四則〉，武漢大學簡帛網（http://www.bsm.org.cn/show_article.php?id=938）2009 年 1 月 3 日。

〔註 58〕季師旭昇：〈上博七芻議三：凡物流形〉，復旦大學出土文獻與古文字研究中心（http://www.gwz.fudan.edu.cn/SrcShow.asp?Src_ID=603）2009 年 1 月 3 日。

〔註 59〕凡國棟：〈上博七《凡物流形》2 號簡小識〉，武漢大學簡帛網（http://www.gwz.fudan.edu.cn/SrcShow.asp?Src_ID=603）2009 年 1 月 7 日。

A 類字屬秦系文字，字從**卩**易卩，應屬繁化〔註60〕。B 類字屬楚系文字，楚系文字從「坐」之偏旁的字多作此形，如 （包·237）、（九·M56·1）、（包·214）、（包·177）。因此將 分析爲從石從坐，是可以確定的。

就音韻上來看，字讀作「危」、「詭」、「差」皆是古韻歌部，從諧韻來說是無法確定究竟何字爲是。但是據文意，則 字讀爲「差」可以與上句「水火之和」的「和」相對，本句在問天地之間的陰陽、水火五行本身相生相剋，何以能夠和諧而沒有差錯？宋華強引《管子·宙合》：「苟有唱之，必有和之，和之不差，因以盡天地之道。」即是指出「和之不差」可以與簡文互參，在文意上是較直接而免去了較曲折的引申說法；但本簡出現的「」字，亦在簡 26 出現，因此亦不排除讀爲「危」，在此存列俟考。

〔9〕系（奚）遊（失）{1} 而死

【1】遊

原考釋者曹錦炎隸定作「遊」，楚文字用爲「失」，其字形結構及二者關係尚不清楚。〔註61〕

此字最早見於長沙子彈庫帛書，商承祚、陳邦懷、高明諸人釋之爲「達」；林巳奈夫釋之作「达」。〔註62〕直至郭店楚簡，又見「遊」字，李零始將此字釋爲「遊」，在文例中都應讀作「得失」之「失」〔註63〕，目前學界大抵接受說。

「奚失而死」類似文句見於《馬王堆帛書·十問》：「黃帝問于曹熬曰：

〔註60〕何琳儀：《戰國古文字典》，北京：中華書局，2004 年 9 月，881 頁。

〔註61〕馬承源主編：《上海博物館藏戰國楚竹書（七）》，（上海：上海古籍出版勸，2008 年 12 月），228 頁。

〔註62〕以上諸說詳見王力波《郭店楚簡〈緇衣〉校釋》，（東北師範大學中文系碩士論文，2002 年 5 月），頁 45。

〔註63〕李零：〈讀《楚系簡帛文字編》〉，《出土文獻研究》第五期，（北京：中華書局，1999 年），頁 142。

「民何失而死？何得而生？」〔註64〕可參。

〔10〕未知左右之請（情）【1】

【1】左右之請（情）

原考釋者認爲「左右」爲「方位」，指左面和右面。如《詩·周南·關雎》：「參差荇菜，左右流之。」簡文是泛指。〔註65〕

廖名春以爲「左右」當指支配、掌控。如《左傳·僖公二十六年》：「公以楚師伐齊，取穀。凡師能左右之曰『以』。」杜預《注》：「左右，謂進退在己。」《國語·越語上》：「寡君帥越國之眾以從君之師徒。唯君左右之。」韋昭《注》：「左右，在君所用之。」〔註66〕

李銳從廖名春之說，認爲「左右之情」，指的是掌控的情況。但不僅僅是掌控「有得而成」的清況，而是或失而死，或得而成的情況。〔註67〕

吳國源認爲「左右」當指支配或促成形質體貌的原由：

> 按此句前後問的是事物形質體貌的成因問題，「左右」當指支配或促成形質體貌的原由。《尚書·皋陶謨》：「予欲左右有民」，馬融曰：「我欲左右助我民」，孫星衍疏：「左右者，《釋詁》云：『導也。』又與助轉訓。《易·泰·象》曰：『以左右民。』鄭注云：『左右，助也。』」聯繫上文「民人流形……」，此即「未知左右民人得生成體之請」也就是說，不知道促成或支配人類獲得生命、塑成形貌的原由。〔註68〕

〔註64〕馬王堆漢墓帛書整理小組《馬王堆漢墓帛書〔肆〕》，（北京：中華書局，1983年），頁146。

〔註65〕馬承源主編：《上海博物館藏戰國楚竹書（七）》，（上海：上海古籍出版社，2008年12月），228頁。

〔註66〕廖名春：《〈凡物流形〉校讀零箚（一）》，北京：清華大學簡帛研究（http://www.confucius2000.com/qhjb/fwlx3.htm），2008年12月31日。

〔註67〕李銳：《〈凡物流形〉釋讀箚記（續三）》，北京：清華大學簡帛研究（http://www.confucius2000.com/admin/list.asp?id=3888），2009年1月8日。

〔註68〕吳國源：《〈上博七·凡物流形〉零釋》，北京：清華大學簡帛研究（http://www.confucius2000.com/qhjb/fwlx5.htm）2009年1月1日。

秦樺林在復旦大學出土文獻與古文字研究中心網站〈《上博（七）‧凡物流形》重編釋文〉回應：

又（有）得而成，末智（知）左右之請（情？）？天地立終立始【簡3】

以上簡文可與《淮南子‧原道》相參看：「是故無所私而無所公，靡濫振盪，與天地鴻洞；無所左而無所右，蟠委錯紾，與萬物始終。是謂至德。」〔註69〕

曹峰認為「左右」與「法則」有關：

但「左右之請（情）」既非上承「流形成體」，也非上承「有得而成」；既非「請左右哪個方位相助」也非支配、掌握「人類獲得生命、塑成形貌的原由」，而應該和前後「先後」、「陰陽」和「水火」、「終始」、「縱衡」、「異同」聯繫起來考慮問題，「左右」本身也是相對立的概念。因此，「未知左右之情」後面作句號更為合理，其意可能是說，人類雖然「流形成體」，在形體上「有得而成」卻不懂得世界萬物的根本原理，於是天地為之立定「終始」，降下「五度」、「五氣」、「五言」，作為人應遵循的根本理念和法則。……《鶡冠子‧王鈇》有以下這段話：

鶡冠子曰：『天者，誠，其日德也，日誠出誠入，南北有極，故莫弗以為政。天者，信，其月刑也，月信死信生，終則有始，故莫弗以為政。天者，明，星其稽也，列星不亂，各以序行，故小大莫弗以章。天者，因，時其則也，四時當名，代而不干，故莫弗以為必然。天者，一，法其同也，前後左右，古今自如，故莫弗以為常。天試、信、明、因、一，不為眾父易一，故莫能與爭先。易一非一，故不可尊增。成鳩得一，故莫不仰制焉。』

這雖是「形德」之說，但《凡物流形》也不乏數術色彩，可資啟發。其中的一些關鍵詞，不僅「前後」、「左右」和《凡物流形》

〔註69〕秦樺林於復旦大學出土文獻與古文字研究中心〈《上博（七）凡物流形》重編釋文〉下回應。時間為2009年1月4日6：14：44。

相近「先後」、「左右」相近，而且「古今自如」和「終身自若」相近，「女（如）月，出惻（則）或（又）內（入），終則或（又）🈳（始），至則或（又）反」和「日誠出誠入」、「月信死信生，終則有始」相近，「得一，故莫不仰制焉」與「識一，仰而視之」相近。《鶡冠子·王鈇》將日日「誠出誠入、南北有極」視爲「法則」，月的「信死信生，終則有始」視爲「政」，星辰的「列星不亂，各以序行」視爲「章」，將「時」的「四時當名，代而不干」視爲「必然」，將「前後左右」視爲「常」和「法」。「左右之請」的下文「五言才（在）人，□（孰）爲之公？九囝（圉）出誩（謀？），□（孰）爲之隹（封）」，顯然是在講人類社會的法則，因此「左右之請」很可能與法則有關。〔註70〕

陳惠玲學姐認爲「左右之情」即「陰陽之氣的運行規律」：

> 我們認爲「左右」在《凡》文中所指的概念應該是「陰陽」，在傳世醫籍《素問·陰陽應象大論篇》中提到陰陽的概念：

> > 天地者，萬物之上下也；陰陽者，血氣之男女也；左右者，陰陽之道路也；水火者，陰陽之徵兆也；陰陽者，萬物之能始也。故曰：陰在內，陽之守也；陽在外，陰之使也。

> 這段說明陰陽兩者既相互對立，但又相互爲用。「左右者，陰陽之道路也；水火者，陰陽之徵兆也」，左與右是陰陽升降的道路；水與火是陰陽的徵兆。在古代漢語中，「左右」、「水火」可以用來指稱「陰陽」。〔註71〕

陳惠玲學姐又引《馬王堆帛書·十問》證明「左右」可看做是「陰陽」：

> 「左右」一詞除了在《黃帝內經》有陰陽概念外，我們亦可用稍晚的《馬王堆漢墓帛書·十問》中對萬物、民人生成的問題與回

〔註70〕曹峰：〈《凡物流形》中的「左右之情」〉，清華大學簡帛網（http://jianbo.sdu.edu.cn/admin3/2008/caofeng008.htm），2009 年 1 月 4 日。

〔註71〕陳惠玲：〈《凡物流形》簡 3「左右之請」考〉，復旦大學出土文獻與古文字中心，（http://www.gwz.fudan.edu.cn/SrcShow.asp?Src_ID=756，2009 年 4 月 22 日）。

答進一步佐證：

> 黃帝問於天師曰：「萬物何得而行？草木何得而長？日月何得而明？」天師曰：「爾察天地之情？陰陽爲正，萬物失之而不繼，得之而贏。食陰擬陽，稽於神明。（一問）

在《十問》中說明陰陽變化就是宇宙萬物運行的主宰，萬物若違反陰陽規律，則無法繼續生存，若能遵循掌握，則生命充盈旺盛。

在人之生死方面，《十問》與《凡物流形》的問題相似：

> 黃帝問于曹熬曰：「民何失而死？何得而生？」曹熬答曰：「□□□□□取其精，待彼合氣，而微動其形。能動其形，以致五聲，乃入其精。虛者可使充盈，壯者可使久榮，老者可使長。」（三問）

《十問》中曹熬的回答是認爲民之生死主要決定於陰陽兩性是否合氣。另外在黃帝問於容成的對話中，也可以找到民之生死與天地之氣有關：

> 黃帝問於容成曰：「民始賦淳流形，何得而生？流形成體，何失而死？何世之人也，有惡有好，有夭有壽？欲聞民氣贏屈、弛張之故。」容成答曰：「君若欲壽，則順察天地之道。天氣月盡、月盈，故能長生。地氣歲有寒暑，險易相取，故地久而不腐。」（四問）

黃帝問前段，與《凡物流形》問人之生死是相同的，容成回答人要長壽須「順察天地之道」，即是《凡》文「左右之情」的概念。何謂「天地之道」，容成進一步解釋「天氣月盡、月盈，故能長生。地氣歲有寒暑，險易相取，故地久而不腐。」因此天地之道是自然界的陰陽秩序。以此佐證《凡》文的「左右之情」，或許指的就是「天地陰陽之氣運行的規律」。〔註72〕

〔註72〕陳惠玲：〈「《凡物流形》簡3「左右之請」考」補〉，復旦大學出土文獻與古文字中心，（http://www.gwz.fudan.edu.cn/SrcShow.asp?Src_ID=756，2009 年 4 月 22 日）。

顧史考認爲原考釋者的句讀有誤：

> 此章按照原釋文之標點即：「有得而成，未知左右之請，天地
> 立終立始。」按筆者已於〈小補〉一文指出，此段亦是嚴格的韻文，
> 整理者的句讀非是，該重讀如上。（心怡案：即「有（有）導（得）
> 而城（成），未智（知）左右【之部】，之請天陛（地），立冬（終）
> 立蒠（始）【之部】」）如此讀之方是文勢均勻，且「左右」與「終
> 始」二種概念相稱。至於「之請天地」何謂，則或即「就此請教於
> 天地」之意，即要模仿天地才能弄清「左右」、「終始」等對立面的
> 概念。另一種可能則是「之請天地」爲「天地之請」的誤倒，因爲
> 「請」亦剛好可與上面「成」字以耕韻相韻，如此本段即可形成交
> 韻之勢。然〈凡物流形〉中，凡是二、四兩句相韻的四句章節內，
> 一、三兩句一般都不入韻，此處亦無充分理由視爲例外。〔註73〕

心怡案：「左右之情」一詞，學者解釋多爲人事方面的「左右」，有掌控、
支配的意思，曹峰雖提到「左右之情」是「世界萬物根本原理」於文意上可
連貫，但卻將「左右」釋爲「法則」，似有可商。簡文的「左右之情」一詞，
陳惠玲學姐利用《黃帝內經》中醫學的陰陽概念，而延伸至天地間的陰陽運
行規律，可從。尤其《馬王堆帛書・十問》中對於萬物生成、民人生死等問
題的闡述文句與〈凡物流形〉相當，如《馬王堆帛書・十問》：

> （1）黃帝問於天師曰：「萬物何得而行？草木何得而長？日月
> 何得而明？」天師曰：「爾察天地之情？陰陽爲正，萬物失之而不繼，
> 得之而贏。食陰擬陽，稽於神明。」〔註74〕

> （2）黃帝問于曹熬曰：「民何失而死？何得而生？」曹熬答曰：
> 「□□□□□取其精，待彼合氣，而微動其形。能動其形，以致五聲，

〔註73〕顧史考：〈上博七〈凡物流形〉上半篇試探〉，復旦大學出土文獻與古文字研究中
　　　心（http://www.gwz.fudan.edu.cn/srcshow.asp?src_id=875，2009 年 8 月 24 日），本
　　　篇已於《「傳統中國形上學的當代省思」國際學術研討會論文集》；臺北：臺灣大
　　　學哲學系主辦，2009 年 5 月 7〜9 日，發表。

〔註74〕馬王堆漢墓帛書整理小組《馬王堆漢墓帛書〔肆〕》，（北京：文物出版社），1985
　　　年，頁 145。

乃入其精。虛者可使充盈，壯者可使久榮，老者可使長。」〔註75〕

　　（3）黃帝問於容成曰：「民始賦淳流形，何得而生？流形成體，何失而死？何世之人也，有惡有好，有天有壽？欲聞民氣贏屈、弛張之故。」容成答曰：「君若欲壽，則順察天地之道。天氣月盡、月盈，故能長生。地氣歲有寒暑，險易相取，故地久而不腐。」〔註76〕

　　傳世經典中，常見將「陰陽」來說明「天地之道」，如《周易·繫辭上》：「一陰一陽之謂道，繼之者善也，成之者性也。」因此「左右」應是「天地之道」，天地之道即是萬物稟承上天之性而得以生成的道理。「左右之情」，即天地運行的規律。

　　其次討論「情」字：簡文甲本簡3正作「⬛」形，乙本簡3作「⬛」形，在釋讀方面，學者主要有二種說法：

1、請

　　原考釋者認為「請」即「請求」。如《論語·八佾》：「儀封人請見。」〔註77〕

2、情

　　復旦讀書會讀為「情」〔註78〕。

　　廖名春認為「請」當讀為「情」。「左右之情」，掌控的情況。指掌控「有得而成」的情況，也機是「有得而成」的奧妙。〔註79〕

〔註75〕馬王堆漢墓帛書整理小組《馬王堆漢墓帛書〔肆〕》，（北京：文物出版社），1985年，頁146。

〔註76〕馬王堆漢墓帛書整理小組《馬王堆漢墓帛書〔肆〕》，（北京：文物出版社），1985年，頁146。

〔註77〕馬承源主編：《上海博物館藏戰國楚竹書（七）》，上海：上海古籍出版社，2008年12月，228頁。

〔註78〕復旦大學讀書會：〈《上博七·凡物流形》釋文重編〉，復旦大學出土文獻與古文字研究中心（http://www.gwz.fudan.edu.cn/SrcShow.asp?Src_ID=581）2008年12月31日。

〔註79〕廖名春：〈《凡物流形》校讀零箚（一）〉，北京：清華大學簡帛研究（http://www.confucius2000.com/qhjb/fwlx3.htm），2008年12月31日。

吳國源，認爲從言、從心字多相通，「請」當讀爲「情」：

> 原釋文解釋恐不可從。從言、從心字多相通，「請」當讀爲「情」。
> 《管子·白心》：「原始計實，本其所生，知其象則所其刑，緣其理
> 則知其情，索其端則知其名。」又，《大戴禮記·易本命》：「夫易
> 之生，人、禽、獸、萬物昆蟲各有以生。或奇或偶，或飛或行，而
> 莫知其情；惟達道德者，能原本之矣。」皆可與簡本互參。〔註80〕

曹峰亦認爲「請」讀「情」，意爲情狀。〔註81〕

心怡案：此處「請」應釋爲「情」。「請」、「情」常有通假之例：《馬王堆·
十問》：「璽（爾）察天之請，陰陽爲正，萬勿（物）失之而不██（繼），得之而
贏。」簡文「請」字，釋爲「情」。

〔11〕天陞（地）【1】立冬（終）【2】立慇（始）【3】

【1】陞

簡文甲本簡3作「██」，常見於楚文字，隸定爲陞，讀作「地」。戰國古
文常見字形作「墜」，如██（侯馬）；或疊加它聲，如██（《包·149》）；或
從立、它聲，如██（《璽彙·2259》）；或從土、它聲，如██（《古幣·209》）。
秦系文字則從土、也聲，如██（秦玉版）。

【2】冬

終，簡文甲本簡3正作██形，乙本簡3作██。

原考釋者曹錦炎以爲「冬」，古文「終」字：

> 《老子》「是以聖人「猶難之，故終無難矣」、「慎終如始，則無
> 敗事」、「終日號而不嗄」、「終身不救」，郭店楚簡本「終」皆作「冬」；
> 《禮記·緇衣》「故言必慮其所終」，郭店楚簡本簡本「終」作「冬」。
> 郭店楚簡《性自命出》「旬（始）者近青（情），冬（終）者近義」，

〔註80〕吳國源：〈《上博七·凡物流形》零釋〉，北京：清華大學簡帛研究（http://www.confucius
2000.com/qhjb/fwlx5.htm），2009年1月1日。

〔註81〕曹峰：〈《凡物流形》中的左右之情〉，北京：清華大學簡帛研究（http://jianbo.sdu.edu.cn
/admin3/2008/caofeng008.htm），2009年1月4日。

「終」作「冬」。「終」，事物的結局，與「始」相對。〔註82〕

心怡案：原考釋之說可從。《說文》：「冬，四時盡也。從仌從夂，古文終字。」除原考釋者所提出的文例外，出土文獻中「冬」字作「終」字使用之文例，如，《郭店・語四》簡3，終字作形，其文例爲：「足以冬（終）殜（世）」。可參。

【3】憙

簡文甲本簡3正作形，字形殘泐，不易辨識。乙本簡3作形。

原考釋者曹錦炎以爲「憙」，從「言」，從「心」，從「台」聲，讀爲「始」。是「台」、「訂」、「忉」皆從「弓」（司字省形）聲，「司」聲和「台」聲相通，故可讀通。而「憙」字則是上述諸異體的混合情形，可讀爲「始」。〔註83〕

〔12〕天降五厇（度）【1】

【1】五厇

「厇」，簡文甲本簡3正作，乙本簡3作。

原考釋者認爲是「宅」字古文，見魏三體石經。又說「宅」通「度」，如《書・堯典》「宅西曰昧谷」，《周禮・天官・縫人》鄭玄注引作「度西」。〔註84〕

吳國源亦認爲「宅」、「度」常同義換讀。如《集韻》：「宅，或作度。」《尚書・堯典下》：「五刑有服，五服三就；五流有宅，五宅三居」，孫星衍《疏》引《王制》云：「度地以居」「宅」《史記・五帝本紀》皆引作「度」，張守節《正義》：「謂度其遠近，爲三等之居也。」《鶡冠子・天權》：「兵有符而道有驗，備必豫具，慮必蚤定，下因地利，制以五行，左木右金前火後水中土，

〔註82〕馬承源主編：《上海博物館藏戰國楚竹書（七）》，（上海：上海古籍出版社，2008年12月），228頁。

〔註83〕馬承源主編：《上海博物館藏戰國楚竹書（七）》，（上海：上海古籍出版社，2008年12月），229頁。

〔註84〕馬承源主編：《上海博物館藏戰國楚竹書（七）》，（上海：上海古籍出版社，2008年12月），229頁。

營軍陳，士不失其宜，五度既正，無事不舉」。〔註85〕

心怡案：宅、度，古音同屬定母、鐸部，聲韻畢同，故可通假。楚系文字中，「宅」通假作「度」的例子有：

A、《大壐（禹）》曰：余才（茲）厇（度）天心害（何）？（郭店・成之聞之・33）

B、休才（哉）！乃牺（將）多昏（問）因由，乃不遊（失）厇（度）。（上博三・彭祖・1）

C、熹（喜）樂無蕫（期）厇（度），是胃（謂）大巟（荒），皇天弗京（諒），必復之以惪（憂）喪。（上博五・三德・7）

以上列舉的文例皆是「宅」作「宅」之用例。

其次，學者對於「五度」的說法有二：

其一，原考釋者引《說文》：「度，法則也。」「五度」見於《鶡冠子・天權》：「五度既正，無事不舉」陸佃注：「左木、右金、前火、後水、中土是也。」〔註86〕

其二，吳國源以爲「五度」應是五種上天賦予測量的法式：

從文獻看，「五度」應是五種系統配套的測度標準、方法或工具，或者引申爲五種治國管理的法度，說詳下文「衡縱」《管子・任法》引文。又《鶡冠子・天則》：「彼天地之以無極者，以守度量，而不可濫，日不踰辰，月宿其列，當名服事，星守弗去，弦望晦朔，終始相巡，踰年累歲，用不縵縵，此天之所柄以臨鬥者也。」此與「天降五度」之說相近。

……聯繫前文「天降五宅」或「天降五度」，則可以理解爲：上天賦予測量的法式，那麼如何掌握或操作這種橫縱測度方法從而形成真正的標準呢？〔註87〕

〔註85〕吳國源：〈《上博（七）凡物流形》零釋〉，北京：清華大學簡帛研究（http://www.confucius2000.com/qhjb/fwlx5.htm），2009 年 1 月 1 日。

〔註86〕馬承源主編：《上海博物館藏戰國楚竹書（七）》，（上海：上海古籍出版社，2008年 12 月），229 頁。

〔註87〕吳國源：〈《上博（七）凡物流形》零釋〉，北京：清華大學簡帛研究（http://www.

心怡案：此處「五度」當指「五行」。《文子・自然》：「八風詘申，不違五度。」《淮南子・兵略訓》：「音氣不戾八風，詘申不獲五度。」許慎注：「五度，五行也。」五行，在古籍中通常扮演著化育萬物的角色，後來因鄒衍附會而成了術數之學。孔穎達《尚書正義・虞書・舜典》曰：「季康子問五帝之名。孔子曰：『天有五行，金、木、水、火、土，分時化育以成萬物，其神謂之五帝。』王肅云：『五行之神，助天理物者也。』」〔註88〕亦見《孔子家語》：「季康子問於孔子曰：『舊聞五帝之名，而不知其實，請問何謂五帝？』孔子曰：昔丘也聞諸老聃曰：『天有五行，水火金木土，分時化育，以成萬物，其神謂之五帝。古之王者，易代而改號，取法五行，五行更王，終始相生，亦象其意……』」因此五度，即五行，即分時化育、以成萬物的規律。

〔13〕虗（吾）【1】奚（奚）臭（衡）【2】奚（奚）從（縱）【3】

【1】虗（吾）

吾，簡文甲本簡3正作「█」形，乙本作「█」形。

原考釋者曹錦炎以爲從「壬」，虍聲，隸定作「虗」，楚文字用作「吾」，楚簡常見。〔註89〕復旦讀書會亦隸定爲虗，讀爲「吾」。〔註90〕陳志向〔註91〕、張崇禮〔註92〕從之。

李銳疑讀爲「乎」，是加強語氣，表示肯定意味作用。〔註93〕

---

confucius2000.com/qhjb/fwlx5.htm），2009 年 1 月 1 日。

〔註88〕阮元：《十三經注疏》（周易、尚書），（臺北：藝文印書館，2001 年 12 月），頁 37。

〔註89〕馬承源主編：《上海博物館藏戰國楚竹書（七）》，（上海：上海古籍出版社，2008 年 12 月），230 頁。

〔註90〕復旦大學讀書會：〈《上博七・凡物流形》釋文重編〉，復旦大學出土文獻與古文字研究中心（http://www.gwz.fudan.edu.cn/SrcShow.asp?Src_ID=581）2008 年 12 月 31 日。

〔註91〕陳志向：〈《凡物流形》韻讀〉，復旦大學出土文獻與古文字研究中心（http://www.gwz.fudan.edu.cn/SrcShow.asp?Src_ID=645，2009 年 1 月 10 日）。

〔註92〕張崇禮：〈《凡物流形》新編釋文〉，復旦大學出土文獻與古文字研究中心 http://www.gwz.fudan.edu.cn/SrcShow.asp?Src_ID=730，2009 年 3 月 20 日）。

〔註93〕李銳：〈《凡物流形》釋讀箚記〉，清華大學簡帛研究（孔子2000）（http://www.confucius2000.com/qhjb/fwlx2.htm，2008 年 12 月 31 日）。

心怡案：簡文■字，從壬，虍聲，隸作虗，讀爲吾。虍、吾，古韻皆爲魚部，故可通假，原考釋者曹錦炎的說法可從。虗，在楚系文字中可通假作「吾」、「乎」、「恕」「梧」等字〔註 94〕。「恕」、「梧」於本篇文意不符，目前以「吾」、「乎」討論最多。

「乎」字在古籍文獻上用法如下：

1、「乎」猶「而」也：《楚辭·九章·抽思》：「獨永歎乎增傷」李善《注》：「乎作而。」

2、「乎」猶「否」也：《莊子·徐无鬼》：「吾欲愛民而爲義偃兵，其可乎？」成玄英《疏》：「未知可不也。」

3、「乎」猶「所」也：《孟子·公孫丑上》：「敢問夫子惡乎長？」趙岐《注》：「君問盧子才志所長何等。」

4、「乎」猶「之」也：《莊子·讓王》：「逃乎丹穴。」成玄英《注》：「逃之洞穴。」

5、「乎」猶「遂」也：《墨子·明鬼下》：「王乎禽推哆，大戲」：《呂氏春秋》作：「王遂禽推移，大犧。」

6、「乎」猶「以」也：《漢書·司馬相如傳》：「消搖乎襄羊。」而《昭明文選·九辯》則作：「聊消搖以相羊。」

由上列「乎」字用法，作「肯定句」用，多是出現在句中；而本句「天降五厇（度），虗（吾）紭（奚）臭（衡）紭（奚）從（縱）」，若將「乎」視爲上讀而作「天降五厇（度）乎」則「虗」字出現在句尾，句尾的「乎」字多是作疑問、否定句用。然而本簡「虗」字作用似乎不是疑問，而是肯定用語：

(1) 天降五厇（度），虗（吾）紭（奚）臭（衡）紭（奚）從（縱）【東韻】？

(2) 五氞（氣）齊至，虗（吾）紭（奚）異紭（奚）同？【東韻】

上列二例，都指上天降下了五厇（度）、五氞（氣），將虗釋爲吾，則可以很明確的知道是以「人」爲接受主語，因此「虗」當釋爲「吾」於文意上是非常通順的。

〔註94〕白於藍：《簡牘帛書通假字字典》，（福州：福建人民出版社，2008 年 1 月），頁 105～108。

【2】奠（衡）

奠（衡），簡文甲本簡 4 作▨乙本簡 3 作▨形。原考釋者曹錦炎認為，簡文「衡」字構形下從之「大」中有飾筆，形似「矢」。「衡」同「橫」。〔註95〕

心怡案：簡文▨字，從角從大，隸定作奠，讀為「衡」。衡，《說文》：「牛觸，橫大木其角。從角、從大、行聲。《詩》曰：『設其楅衡』▨，古文衡如此。金文作▨（毛公廥鼎），從奠，行聲。奠，疑「衡」之初文。戰國文字承襲金文，「角」或論作「▨」、「▨」，「大」或譌作「▨」、「▨」、「▨」。〔註96〕季師旭昇亦指出衡字初文當即奠或奠，如果以▨（亞衡鼎）的族號來看，奠字可能是比較古老的寫法，因為族號往往保留比較古者的形式。〔註97〕

【3】從（縱）

從，簡文甲本簡 4 作「▨」，乙本簡 3 作「▨」。原考釋者曹錦炎認為「從」通「縱」。《楚辭·招魂》：「豺狼從目，往來侁侁些。」「從目」即「縱目」，指豎目，見五臣注。李斯《諫逐客書》：「逐散六國之從。」此「從」指「合縱」，……宋玉《高唐賦》「岩嶇參差，從橫相追」，「從橫」皆即「縱橫」。「縱」與「橫」相對。「縱橫」，縱向與橫向，亦以南北為縱，東西為橫。「橫縱」亦作「衡從」，《詩·齊風·南山》：「蓺麻如之何？衡從其畝。」同於簡文。〔註98〕

〔14〕五既（氣）【1】齊【2】至

【1】五夒（氣）

夒（氣），簡文甲本簡 4 作「▨」，乙本簡 3 作「▨」。原考釋者曹錦炎隸定作「既」，讀為「夒」，「夒」從「既」得聲，可以相通。「夒」同「氣」。

〔註95〕馬承源主編：《上海博物館藏戰國楚竹書（七）》，（上海：上海古籍出版社，2008年 12 月），230 頁。

〔註96〕何琳儀：《戰國古文字典》（上），（北京：中華書局，2004 年），頁 626。

〔註97〕季師旭昇：《說文新證》（上），（臺北：藝文印書館，2004 年），頁 357～358。

〔註98〕馬承源主編：《上海博物館藏戰國楚竹書（七）》，（上海：上海古籍出版社，2008年 12 月），頁 231。

《玉篇》：「燹，古氣字。」《老子》「益生曰祥，心使氣曰強」，郭店楚簡本「氣」作「燹」。郭店楚簡《語叢一》「督天道以化民燹（氣）」、「凡有血燹（氣）者」，「氣」字皆作「燹」。又《論語‧鄉黨》「不使勝食氣」，《說文‧皀部》引「氣」作「既」；《禮記‧孔子閒居》「志氣塞乎天地」，上海博物館藏楚竹書本（即《民之父母》）作「而得既（氣）塞於四海（海）矣」（《孔子家語‧禮論》作「志氣塞於天地，行之充於四海」），「氣」亦作「既」同於簡文。「五燹」，即「五氣」，五行之氣，亦指五方之氣。《史記‧五帝本紀》：「軒轅乃修德振兵，治五氣，藝五種，撫萬民，度四方。」裴駰《集解》引王肅曰：「五行之氣。」庾信《配帝舞》：「四時咸一德，五氣或同論。」〔註99〕

顧史考以為「五氣」與「五行說」有關：

> 凡五度、五氣具體所指難考，然蓋皆與五行說有關，問的南人事何以當與天間之五行相配，或即如〈月令〉所關懷那樣。天既降此度以示人，人乃欲以取為法則，此問其門路如何。〔註100〕

心怡案：原考釋者曹錦對於字形的解說可從。關於「五氣」的記載，《周易正義序》云：「上古之時，人民無別，群物未殊，未有衣食器用之利。伏犧乃仰觀象於天，俯觀法於地，中觀萬物之宜，於是始作八卦，以通神明之德，以類萬物之情，故易者，所以斷天地、理人倫而明王道。是以畫八卦建五氣以立五常之行，象法乾坤順陰陽以正君臣父子夫婦之義，度時制宜作為罔罟，以佃以漁以贍民用⋯⋯。」〔註101〕五氣，即指金、木、水、火、土，五行之氣。《尚書‧洪範》：「天乃錫禹洪範九疇，彝倫攸敘。初一曰五行，次二曰敬用五事，次三曰農用八政，次四曰協用五紀，次五曰建用皇極，次六曰乂用三德，次九曰明用稽疑，次八曰念用庶徵，次九曰嚮用五福，威用六極。」《正義》曰：「天所賜禹大法九類者，初一曰，五材氣性流行。」「五行」指「五

〔註99〕馬承源主編：《上海博物館藏戰國楚竹書（七）》，（上海：上海古籍出版社，2008年12月），頁231。

〔註100〕顧史考：〈上博七〈凡物流形〉上半篇試探〉，復旦大學出土文獻與古文字研究中心（http://www.gwz.fudan.edu.cn/srcshow.asp?src_id=875，2009年8月24日），本篇已發表於《「傳統中國形上學的當代省思」國際學術研討會論文集》：臺北：臺灣大學哲學系主辦，2009年5月7～9日，發表。

〔註101〕阮元：《十三經注疏》（周易‧尚書），（臺北：藝文印書館，2001年12月），頁4。

材氣性流行」，而「五材氣性流行」則是指「水、火、木、金、土」。〔註 102〕
《尚書‧洪範》：「一五行，一曰水，一曰火，三曰木、四曰金、五曰土。」
《疏》曰：「水火者，百姓之求飲食也；金木者，百姓之所興作也；土者，萬
物之所資生也。是爲人用五行，即五材也。襄公二十七年《左傳》云：『天生
五材，民並用之。』言五者各有材幹也，謂之行者，若在天則五氣流行，在
地世所行用也。」〔註 103〕據此，簡文「五氣」可解爲「五材」亦即指金、木、
水、火、土五行之氣。

【2】齊

齊字簡文甲本簡 4 字形作「」，乙本簡 3 作。

原考釋者曹錦炎以爲此字爲「竝」，傳世經典多作「並」。〔註 104〕復旦大學
讀書會亦讀爲「竝」。〔註 105〕

孫飛燕釋爲「齊」：

第三字整理者隸定爲「竝」，該字與「竝」字作（《周易》45
簡）、「並」字作（《容成氏》26 簡）不類，似爲（《緇衣》19
簡）的省寫，當釋爲「齊」字。〔註 106〕

心怡案：孫飛燕說法可從。齊字簡文作「」，楚系文字中，「齊」字作
（包山 7）、（郭店‧緇 38）、（九店‧M621‧18）等形其上部
「」與簡文之上部同。然「並」字卻是作「立人」形（或正面或側立）
故簡文「」當釋爲「齊」字。

〔註 102〕阮元：《十三經注疏》（周易‧尚書），（臺北：藝文印書館，2001 年 12 月），頁 168。

〔註 103〕阮元：《十三經注疏》（周易‧尚書），（臺北：藝文印書館，2001 年 12 月），頁 169。

〔註 104〕馬承源主編：《上海博物館藏戰國楚竹書（七）》，（上海：上海古籍出版社，2008
年 12 月），頁 231。

〔註 105〕復旦大學出土文獻與古文字研究中心研究生讀書會：〈《上博七‧凡物流形》重編釋
文〉，復旦大學出土文獻與古文字研究中心：（http://www.gwz.fudan.edu.cnSrcShow.
asp?Src_ID=581，2008 年 12 月 31 日）。

〔註 106〕孫飛燕：〈讀凡物流形箚記〉，清華大學簡帛研究（http://www.confucius2000.com/
admin/list.asp?id=3862）2009 年 1 月 1 日。

〔15〕五音【1】在人，箸（孰）爲之公【2】？

【1】五音

「音」，簡文甲本簡作「」，乙本簡3作形。

原考釋者隷作「言」。「五言」，即「五德之言」。《書·益稷》：「予欲聞六律、五聲、八音、在治忽，以出納五言，汝聽。」孔傳：「以出納仁、義、禮、智、信五德之言，施于民以成化。」〔註107〕復旦讀書會同樣釋爲「言」。〔註108〕

吳國源從原考釋者釋作「言」，以爲「五言」即「政教號令」：

> 「五言」，原釋文引《尚書·益稷》「以出納五言」爲證，文例可從，但據孔傳解爲「五德之言」，仍有待商榷，孫星衍引鄭氏：「以言爲政教，云『出納政教於五官』者，《周語》：『有不祀則修言。』注云：『言，號令也。』是言即政教。」是以「五言」即政教號令，後文正承其義發問：「孰爲之公？」，亦即政教在於人，孰能秉公而行？〔註109〕

廖名春將「五言」釋爲「毀譽」：

> 五，猶多也。《孟子·告子下》：「居下位，不以賢事不肖者，伯夷也；五就湯，五就桀者，伊尹也。」《說苑·指武》：「吳王闔廬就荊人戰於栢舉，大勝之，至於郢郊，五敗荊人。」今所謂「三令五申」、「五花八門」之五，皆同，都是虛數，表示多。「五言」當指各種各樣的說法，也就是毀譽。〔註110〕

李銳疑爲「音」字：

〔註107〕馬承源主編：《上海博物館藏戰國楚竹書（七）》，（上海：上海古籍出版社，2008年12月），頁231。

〔註108〕復旦大學出土文獻與古文字研究中心研究生讀書會：〈《上博七·凡物流形》重編釋文〉，復旦大學出土文獻與古文字研究中心：（http://www.gwz.fudan.edu.cn/SrcShow.asp?Src_ID=581，2008年12月31日）。

〔註109〕吳國源：〈《上博（七）·凡物流形》零釋〉，北京：清華大學簡帛研究（http://www.confucius2000.com/qhjb/fwlx5.htm）2009年1月1日。

〔註110〕廖名春：〈《凡物流形》校讀零箚（一）〉，北京：清華大學簡帛研究（http://www.confucius2000.com/qhjb/fwlx3.htm）2008年12月31日。

　　與簡文形近之「言」字，多無最上之短橫，或中間豎畫較短（或無豎畫，本篇乙本豎畫也較短，但同篇「言」字無豎畫）；簡文與曾侯乙「音」字接近。本篇簡18、20、25等有「言」字，無豎畫，寫法與此不同。從文意看，「五音在人」，也比整理者引《書‧益稷》「五言（五德之言）」作解合適。〔註111〕

　　顧史考指出「五音」常比作社會地位，如《禮記》：「宮爲君，商爲臣，角爲民，徵爲事，羽爲物」；《淮南子‧天文》：「黃鍾爲宮；宮者，音之君也」；《春秋繁露‧循天之道》：「宮者，中央之音也。」等是，可以參看。〔註112〕

　　心怡案：先就字形而言，李銳之說可從。「言」和「音」爲一字之分化，容易因形近而訛混，「言」字甲骨文作「▽（《甲》499）」，從舌，上加一橫畫來表示舌頭向外的動作，其造字方法如同「曰」、「甘」從「口」，「一」形指示動作，爲指事符號。〔註113〕姚孝遂以爲古人以言自舌出，「言」從舌從一，按照許愼的體例，乃指事字。〔註114〕金文作▽（伯矩鼎），楚系文字作▽（楚王領鐘）、▽（《上博一‧孔》2）、▽（《包》14）、▽（《郭‧忠信》5）、▽（《上博一‧緇》23），可以看出部分字形上部多加一短橫。而從言之偏旁的字如：▽（《郭‧五》34）、▽（《包》180）、▽（《郭‧語一》38）、▽（《包》138）等，「言」字最上亦皆有一短橫。

　　「音」字，金文作「▽（秦公鎛）」，在金文是「言」的分化字，字從言，於「口」形中加一短橫或短豎表示聲音出於口，爲指事，亦是「分化符號〔註115〕」。

───────────────

〔註111〕李銳：〈《凡物流形》釋文新編（稿）〉，簡帛研究（http://jianbo.sdu.edu.cn/admin3/2008/lirui006.htm）2008年12月31日。

〔註112〕顧史考：〈上博七〈凡物流形〉上半篇試探〉，復旦大學出土文獻與古文字研究中心（http://www.gwz.fudan.edu.cn/srcshow.asp?src_id=875，2009年8月24日），本篇已於《「傳統中國形上學的當代省思」國際學術研討會論文集》；臺北：臺灣大學哲學系主辦，2009年5月7～9日，發表。

〔註113〕季師旭昇：《說文新證》（上），（臺北：藝文印書館，2004年10月），頁149。

〔註114〕姚孝遂：〈古漢字的形體結構及其發展階段〉，《古文字研究》，第四輯，（北京：中華書局，1980年12月），頁32。

〔註115〕季師旭昇：《說文新證》（上），（臺北：藝文印書館，2004年10月），頁152。

林師清源曾對此現象提出說明：

> 殷墟卜辭只有「言」字沒有「音」字，西周春秋金文「言」、「音」二字經常互用。根據這兩個現象推斷，「言」、「音」二字應該本爲一字，後來因語言引申的關係，逐漸分化爲二字。
>
> 「言」、「音」二字，音義分化之後，爲求字形上便於區別，於是就在「音」字的字形上添加一些別嫌符號。添加別嫌符號的目的，在於區別「言」、「音」二字的形體，只要能夠達到此一目的，別嫌的功能就算是順利完成，至於別嫌符號的選擇，並不需要嚴格要求。「音」字所添加的別嫌符號，有短橫畫、短豎畫與「○」形部件等。〔註116〕

雖「言」、「音」爲一字之分化，然聲韻遠隔，在偏旁中往往混用，但在戰國楚系文字中獨體則有別：

（一）（《包》214）、（《郭・老乙》12）、等形，於「口」形中加一短橫畫。

（二）作（《包》248）、（《郭・老甲》16）、（曾磬石刻）等形，於「口」形部件中加一短豎。

（三）作（曾侯乙鐘）、（曾侯乙鐘）等形，於「口」形中增添的部件，改作一小圓形。

透過以上對「言」、「音」的說明，可以歸納出幾點：

（1）言、音，獨體時，言字字形或上部加一短橫，或不加；而音字字形則是非常穩定的上部皆有加一橫畫。

（2）「音」字，於「口」形中，常有變化，或於其中加一橫畫、或短豎，或增添一小圓圈形；而「言」字則是「口」形。

據簡文甲本簡4的「」形與乙本簡3的「」形與上述音字構形中的（三）的構形相似，故應爲「音」字。

〔註116〕林師清源：《楚國文字構形演變研究》，（台中：東海大學中國文學系博士論文，1997年12月），頁181～182。

其次討論「五音」，典籍中的「五音」指的是「宮、商、角、徵、羽」五種音調。而「五音」的其中一項功用在於能讓人君可以察政之得失，如《禮記・月令》：「凡黃鍾六律之聲，五音之動，與神靈之氣通，人君聽之，可以察己之得失，而知羣臣賢否。」〔註117〕此「五音」即指「宮、商、角、徵、羽」。

【2】公

公，簡文甲本簡4作 ▨ 形，乙本簡4作「▨」。

原考釋者曹錦炎釋「公」爲公平、公正之意。《呂氏春秋・孟春紀・貴公》：「昔先聖王之治天下也，必先公，公則天下平矣。」高誘注：「公，正也。」《書・周官》：「以公滅私，民其允懷。」《莊子・天下》：「公而不當（黨），易而無私。」《楚辭・七諫・謬諫》：「邪說飾而多曲兮，正法弧而不公。」〔註118〕

李銳將「公」讀爲「頌」。〔註119〕

顧史考以爲「公」或可讀爲「宮」，即宮、商、角、徵、羽等五音之首；「公」爲見紐東部，「宮」乃見紐多部，楚語東、多二部相通，二字雖無通假之明例，然其古音確可相通。〔註120〕

心怡案：承上文的「五度」、「五氣」，所指的是一種運行的規律，一種規矩；同樣的「五音」亦是「音律中的規矩」：如《孟子・離婁上》「離婁之明，公輸子之巧，不以規矩不能成方圓，師曠之聰不以六律不能正五音，堯舜之道不以仁政不能平治天下。」這一段的大意是：縱使有離婁的好眼力、魯班的技巧，沒有規和矩，也無法作成方和圓；縱使有師曠的耳朵善辨音律，沒有六律，也無法校正五音；縱使有堯舜之道，不去實施仁政，也不能平治天

〔註117〕阮元：《十三經注疏》（禮記），（臺北：藝文印書館，2001年12月）頁318。

〔註118〕馬承源主編：《上海博物館藏戰國楚竹書（七）》，（上海：上海古籍出版社，2008年12月），頁231。

〔註119〕李銳：《〈凡物流形〉釋文新編（稿）》，清華大學簡帛網（http://jianbo.sdu.edu.cn/admin3/2008/lirui006.htm）2008年12月31日。

〔註120〕顧史考：〈上博七〈凡物流形〉上半篇試探〉，復旦大學出土文獻與古文字研究中心（http://www.gwz.fudan.edu.cn/srcshow.asp?src_id=875，2009年8月24日），本篇已先於《「傳統中國形上學的當代省思」國際學術研討會論文集》；臺北：臺灣大學哲學系主辦，2009年5月7～9日發表。

下。所以趙岐《注》也說到：「蓋謂雖有規矩六律之法，然而人不能因而用之，是徒法不能以自行也。以其規矩六律之法不能自行之，必待人而用之，然後能成其方圓、正其五音也。堯舜之道自不足以爲之政，必待人而行之，然後能平治天下而爲法於後世也。」其大意爲「成方圓」、「正五音」、「平治天下」而爲法於後世，皆必「待人而行之」，也就是必須由人去「施行」。

因此「五音在人，孰爲之公」的「公」，應該是指「正五音」的「正」意，即「使五音能夠合於音律（準）」。而「五音在人，孰爲之公」的意思就是「宮、商、角、徵、羽五音雖是由人而出，但誰能夠使它能夠合乎音律（準）呢？」

〔16〕九図（囿）【1】出詤（謀）【2】，箸（孰）爲之佳（封）【3】？

【1】図（囿）

囿，簡文甲本簡 4 作 ，乙本簡 4 作 。其隸定有「區」、「図」、「畾」三種隸定。原考隸作「區」〔註 121〕，復旦大學讀書會隸作「図」〔註 122〕，廖名春以爲應隸定爲「畾」〔註 123〕。至於簡文 字釋讀上有以下五種說法茲分類錄於下：

1、隸定作「區」，讀爲「區」

原考釋者隸作「區」：

> 區，指一定的地域範圍。《書·康誥》：「用肇造我區夏。」「九區」，泛指廣大的區域。又，《楚辭》常見「九某」之稱，如《天問》之「九天」，《招魂》之「九關」、「九約」，《河伯》之「九河」等，「九區」用法與之類同。〔註 124〕

〔註 121〕馬承源主編：《上海博物館藏戰國楚竹書（七）》，上海：上海古籍出版社，2008年 12 月，231 頁。

〔註 122〕復旦大學出土文獻與古文字研究生讀書會：〈《上博七·凡物流形》重編釋文〉，復旦大學出土文獻與古文字研究中心（http://www.gwz.fudan.edu.cn/SrcShow.asp?Src_ID=581）2008 年 12 月 31 日。

〔註 123〕廖名春：〈《凡物流形》校讀零箚〉，清華大學簡帛研究（http://www.confucius2000.com/qhjb/fwlx3.htm）2008 年 12 月 31 日。

〔註 124〕馬承源主編：《上海博物館藏戰國楚竹書（七）》，上海：上海古籍出版社，2008年 12 月，231 頁。

2、隸定為囝，讀為「域」或「攝」

復旦大學讀書會將之隸定為「囝」，後括注讀為「域」或「攝」，存疑，未有說明。〔註125〕

吳國源以為「區」，原釋文隸定有誤，當隸作「囝」讀作「攝」：

> 比照甲、乙圖版，認為字形從□，裡面的部分為「又」，當隸作「囝」，讀作「攝」，《說文》：「囝，下取物縮藏之。從□，從又。讀若聶。」段玉裁注：「謂攝取也。」該字又見《上博（一）·緇衣》、《上博（四）·曹沫之陣》，皆讀作「攝」。……因此「九攝」也指人或者官職之類，具體所指待考。〔註126〕

沈培認為讀「域」的看法是正確的：

> 「九囝」讀為「九有」或「九域」應當是正確的。以上所引各文都有此說，最早復旦（2008b）提出「囝」讀「域」或「攝」兩個可能，通過其他學者的討論，可以肯定其中讀「域」的看法是正確的。〔註127〕

3、隸定為「聶」，讀為「折」

廖名春肯定吳國源說法但以為以「攝」當讀為「折」：

> 此字當隸定為「聶」，也就是「攝」。不過當讀為「折」。《儀禮·士昏禮》：「納微，執皮攝之，內文，兼執足。」胡培翬《正義》：「敖曰曰：先儒讀『攝』為『摺』，則訓『疊』也。今人屈物而疊之謂之『摺』。」《楚辭·嚴忌〈哀時命〉》：「衣攝葉以儲與分，左袪掛於榑桑。」王逸《注》：「攝葉、儲與，不舒展貌。」洪興祖《補注》：「攝，之葉初，曲折也。」《玉篇·人部》引《楚辭》作「攝儚」。《爾雅·

〔註125〕復旦大學出土文獻與古文字研究中心研究生讀書會：〈《上博七·凡物流形》重編釋文〉，復旦大學出土文獻與古文字研究中心（http://www.gwz.fudan.edu.cn/SrcShow.asp?Src_ID=581，2008 年 12 月 31 日）。

〔註126〕吳國源：〈《上博七·凡物流形》零釋〉，清華大學簡帛研究（http://www.confucius2000.com/qhjb/fwlx5.htm，2009 年 1 月 1 日）。

〔註127〕沈培：〈《上博（七）字詞補說二則》〉：復旦大學出土文獻與古文字研究中心（http://www.gwz.fudan.edu.cn/SrcShow.asp?Src_ID=605，2009 年 1 月 3 日）。

釋魚》：「三曰攝龜。」郭璞《注》：「小龜也。腹甲曲折解，能自張閉，好食蛇。江東呼爲陵鼈。」郝懿行《義疏》：「攝猶摺也，亦猶折也，言能自曲折解，張閉如摺疊也。」讀「攝」爲「摺」，自然也可讀「攝」爲「折」。因此，九攝，即九折，指許多曲折，許多挫折。〔註128〕

4、將「」讀為「有」

何有祖認爲「」當讀作「有」：

> 九有即九州。《詩·商頌·玄鳥》：「方命厥後，奄有九有。」毛傳：「九有，九州也。」此處代指天下。〔註129〕

5、將「」隸定為図，釋為「囿」

季師旭昇以爲字形當從「口」從「又」：

> 何文把「九図」讀爲「九有」當可從。「図」字復旦讀書會列出兩種可能，因爲在《上博一·緇衣》簡23「朋友攸攝」的「攝」字即作「」，字從「又」從「函」省；本簡字形當是從「□」從「又」聲，因此這個字似乎應該釋爲「囿」，通「域」，「九域」典籍或作「九有」，即「全天下」的意思。〔註130〕

范常喜認爲字當從復旦隸定爲「図」，亦認同季師旭昇對於字形的分析：

> 我們認爲整理者釋作「區」的字確當從復旦讀書會隸定爲「図」，季旭昇對「図」字形分析可取，相似字形亦見於銀雀山漢簡《晏子》，字形作，辭例爲：「居図（囿）中臺上以觀之。」〔註131〕

〔註128〕廖名春：〈《凡物流形》校讀零箚〉，清華大學簡帛研究（http://www.confucius2000.com/qhjb/fwlx3.htm）2008年12月31日。

〔註129〕何有祖：〈凡物流形箚記〉，武漢大學簡帛網（http://www.bsm.org.cn/show_article.php?id=925）2009年1月1日首發。（2008年12月31日收稿）

〔註130〕季師旭昇：〈上博七芻議（二）：凡物流形〉，武漢大學簡帛網（http://www.bsm.org.cn/show_article.php?id=934）2009年1月2日。

〔註131〕范常喜：〈《上博七·凡物流形》短箚一則〉，武漢大學簡帛網（http://www.bsm.org.cn/show_article.php?id=940），2009年1月3日。

凡國棟亦認同季師旭昇對字形分析的說法：

> 図，整理者作「區」，復旦讀書會作「域」或「攝」而存疑。何
> 有祖師兄讀作「有」，謂九有即九州，並引用《詩・商頌・玄鳥》及
> 鄭注為證明。何兄所言誠是，不過按之字形，當是「圅」字，季旭
> 昇已經指出這一點，並認為這個字通作「域」，我們認為是正確的。
> 《說文》：「圅，苑有垣也。從口有聲。一曰所以養禽獸曰圅。」段
> 玉裁注云：「凡分別區域曰圅。常道將引《洛書》曰：『人皇始出，
> 分理九州為九圅。』九圅，即《毛詩》之『九有』，《韓詩》之『九
> 域』也。域通或，或古或與有與圅通用。」因此復旦讀書會作「域」
> 亦可。〔註132〕

心怡案：區，楚系文字作：（郭店・語三・26）、（包・2・3），與簡文字字形不符。，從口從又，隸作図，釋為「圅」。季師旭昇針對字形分析的說法正確可從。以下針對楚系文字「口」及「圅」字形對照表：

【從口與從圅之字字形對照表】：

從口之字				
	《郭店・老甲・23》	《望・M2・48》	《曾・45》	《郭・老甲・22》
從圅之字				
	《包・2・222》	《望・2・50》	《上博・緇・23》	

從上表，可以看出從口之字與從圅之字是有差別的，而簡文甲本簡4，乙本簡4，依字形來看，應是從口而不從圅。而有些學者因《說文》而認為簡文應釋為「攝」，其實是值得商榷的。

據《說文》「圅，下取物縮藏之，從又從口，讀若聶。」其中「從又從口」的說法，季師旭昇在解釋《上博一・緇衣》的「」字時，已提出其與楚文字的「口」旁不同形的說法：

〔註132〕凡國棟：〈上博七《凡物流形》簡4「九圅出牧」試說〉：武漢大學簡帛網（http://www.bsm.org.cn/show_article.php?id=937）2009 年 1 月 3 日。

《上博・緇衣》「」字與今本〈緇衣〉比對，釋為《説文》「囜」字，應無可疑。但《説文》釋此字為「從又從囗」，恐有可商。戰國楚文字「囗」旁與此不同形，如《包》2「圍」字作「」，外所從「囗」與楚系「囜」字所從明顯不同。疑此字應釋為從「㐭」（廩之初文）」從「又」會意。「㐭（廩，匣紐侵部）」可能也兼聲，「㐭」、「囜」韻屬陰陽對轉。《望山楚簡》也有這個字，《望》2.50「一囗囗囗、一、一㞑晨」，舊隸「囜」，《楚系簡帛文字編》已經改隸為「囜」，其義待考。〔註133〕

據上可知，攝，應作形，而非本簡簡文形。

此外，范常喜亦提出銀雀山漢簡《晏子》，字形作，辭例為：「居囜（圍）中臺上以觀之」的有力證據。「圍」，段《注》云：「凡分別區域曰圍。圍常道將引《洛書》曰：『人皇始出，分理九州為九圍。』九圍，即《毛詩》之九有，《韓詩》之九域也。域通或，古或與有、與圍通用。」〔註134〕

簡文「囜」應釋為「圍」，即「分別區域」之意。據段注「九圍」即「九有」亦是「九域」，指的是「全天下」。

【2】誨

誨字，簡文甲本簡4作「」、乙本簡4作「」，此字有五種說法，茲分別敘述如下：

1、隸定為「誨」，讀作「誨」

原考釋者曹錦炎隸定為「誨」，同「誨」，古從「每」之字或從「母」旁。如「海」作「洘」，見郭店楚簡《老子》、上海博物館藏戰國楚竹書《容成氏》及包山楚簡；「晦」或作「晦」，見上海博物館藏戰國楚竹書《融師有成氏》。又《老子》「其次侮之」，馬王堆帛書本「侮」作「母」；《説文》：「姆讀若母。」「誨」，《説文》：「曉教也。」勸諫的話。《書・説命上》：「朝夕納誨，以輔台德。」孔傳：「言當納練誨直辭，以輔我德。」〔註135〕

〔註133〕季師旭昇主編：《上海博物館藏戰國楚竹書（一）讀本》，（臺北：萬卷樓，2004年7月），頁148。

〔註134〕許慎著、段玉裁注：《説文解字》，（臺北：萬卷樓，2002年8月），頁280。

〔註135〕馬承源主編：《上海博物館藏戰國楚竹書（七）》，（上海：上海古籍出版社，2008

2、隸定為「誨」，讀作「謀」

復旦讀書會隸作誨並括注「（誨－謀？）」，沒有說明。〔註136〕

何有祖認為，「誨」當讀作「謀」。〔註137〕

吳國源讀為「謀」，「出謀」見於傳世文獻：《禮記・內則》：「四十始仕，方物出謀發慮，道合則服從，不可則去。」《逸周書・周祝》：「故天有時，人以為正，地出利而民是爭。人出謀，聖人是經。陳五刑，民乃敬。」

顧史考亦同意讀作「謀」，「出謀」見於典籍，如《禮記・內則》：「四十始仕，方物出謀發慮，道合則服從，不可則去。」，則「九域出謀，誰為之封」可釋讀為「九州之士出謀發慮，則須要君上接受其說方可行通，然能居上位而秉公處理者，究竟其誰也？」〔註138〕

3、隸定為「誨」，讀作「畝」

沈培以為「誨」當讀作「畝」：

> 我認為「誨當讀為「晦（畝）」。簡文的意思是說「九域之人出於田畝，那麼誰給他們劃分田界呢？」關於「出畝」，可與下引《漢書・食貨志下》的說法比較：郡國頗被災害，貧民無產業者，募徙廣饒之地。陛下損膳省用，出禁錢以振元元，寬貸，而民不齊出南畝，商賈滋眾。

> 顏師古對「民不齊出南畝」的注釋是：「言農人尚少，不皆務耕種也。」可見「出畝」的說法是有的，指出去耕作。田畝之間最重要的是疆界，《漢書・食貨志下》說：理民之道，地著為本。故必建

年12月），頁232。

〔註136〕復旦大學出土文獻與古文字研究生讀書會：〈《上博（七）・凡物流形》重編釋文〉，上海：復旦大學出土文獻與古文字研究中心（http://www.gwz.fudan.edu.cn/SrcShow. asp?Src_ID=581），2008年12月31日。

〔註137〕何有祖：〈凡物流形箚記〉，武漢：武漢大學簡帛網（http://www.bsm.org.cn/show_ article.php?id=925），2009年1月1日。

〔註138〕顧史考：〈上博七〈凡物流形〉上半篇試探〉，復旦大學出土文獻與古文字研究中心（http://www.gwz.fudan.edu.cn/srcshow.asp?src_id=875，2009年8月24日），本篇已於《「傳統中國形上學的當代省思」國際學術研討會論文集》；臺北：臺灣大學哲學系主辦，2009年5月7～9日發表。

步立畝，正其經界。

另外，《文選》陸士衡《五等論》「封畛之制」句李善注引《呂氏春秋》也說：「『步畝封畛，所以一之也。』《小雅》曰：『封畛，界疆也。』」因此，簡文前面說「畝」，後面說「封」，是很自然的事情。〔註139〕

4、隸定作「誨」，讀為「牧」

凡國棟認爲「誨」讀爲「牧」：

我們對「誨」的釋讀有兩種考慮：其一，「誨」讀爲「梅」，封取「封植」之意。「囿」本爲古代帝王畜養禽獸以供觀賞的園林。《詩·大雅·靈臺》：「王在靈囿，麀鹿攸伏。」毛傳：「囿，所以域養鳥獸也。」班固《東都賦》：「太液昆明，鳥獸之囿。」一般而言，蓄養珍禽異獸之所不能不種植植物，所以在囿中栽培梅應該是可以相見的。不過結合語境來考察，這樣的釋讀終嫌不妥。

其二，「誨」讀爲「牧」，上博二《容成氏》52 號簡「牧之野」的「牧」字寫作：

《書·牧誓》，《尚書大傳》作「坶誓」。《韓詩外傳》：「行克紂于牧之野。」《說苑·貴德》牧作坶。因此從母聲的字讀作牧應該是沒有問題的。此外，前文說到「九囿」有時亦作九牧。《周禮·掌交》：「九牧之維」，鄭《注》云：「九牧，九州之牧。」《荀子·解蔽》：「此其所以代殷王而受九牧也。」楊倞《注》云：「九有、九牧，皆九州也。撫有其民則謂之九有，養有其民則謂之九牧。」這也從側面反應了「誨」讀爲「牧」是可行的。

牧有統治、駕馭之義。《方言》卷十二：「牧，司也。」《逸周書·命訓》：「搶之明王，奉此六者以牧萬民，民用而不失。」《韓非子·說疑》：是以羣臣居則修身，動則任力，非上之令，不敢擅作疾言誣事，此聖王之所以牧臣下也。」《國語·魯語上》：「且夫

〔註139〕沈培：《《上博（七）》字詞補說二則》，上海：復旦大學出土文獻與古文字研究中心（http://www.gwz.fudan.edu.cn/SrcShow.asp?Src_ID=605，2009 年 1 月 3 日）。

君也者，將牧民而正其邪者也。」《書‧呂刑》：「四方司政典獄，非爾稚作天牧。」引申而有監察之意。《方言》卷十二：「牧，察也。」《鬼谷子‧反應》：「見其情，隨而牧之。」俞樾注：「牧，察。」班固《白虎通‧封公侯》：「使大夫往來牧諸侯，故謂之牧。」因此牧也用來指治民的人，指國君或州郡長官。《國語‧魯語下》：「日中考政，與百官之政事，師尹維旅、牧、相宣序民事。」韋昭注：「牧，州牧也。」《孟子‧梁惠王上》：「今夫天下之人牧，未有不嗜殺人者也。」孫奭疏：「言今天下爲牧養人民之君，未有不好殺人者。」〔註140〕

5、隸定為「誨」，讀為「海」

李銳以爲「誨」，讀爲「海」，「九有出海」，就是說九州的範圍在海之外。〔註141〕

心怡案：原考釋者曹錦炎認爲古從「每」之字或從「母」旁，故將簡文釋作「誨」，即「勸諫的話」。「九有出誨」，於上下文的文意上無法解釋，亦不通順，釋爲「誨」並不恰當。沈培先生以爲應讀作「畝」，「出畝」，指的是「出於田畝」，又舉《漢書‧食貨志》：「而民不齊出南畝」，顏師古《注》曰：「言農人尚少，不皆務耕種也。」「出畝」其意爲「出去耕作」。雖與下文「孰爲之封」語意通順，但是此章所說的是總括性的概說，如果只是說到人民耕作，誰來爲他們畫制田界不免文意過於狹隘，但可備一說。凡國棟將「誨」釋爲「牧」有統治之意，其實是非常好的思考方向，然「出牧」一語，典籍未見，亦不好理解。李銳提出「誨」應釋爲「海」，「九囿出海」指的是「九州的範圍在海之外」，上下文意不通。

簡文甲本簡4作「⊡」，字形殘泐，辨識不易，乙本簡4作「⊡」，從字形上來看，復旦讀書會、何有祖、吳國源、范常喜等人將簡文隸定作「誨」，釋爲「謀」，此說法可從。出土文獻中從母或從每之字也與「某」通，如《郭店‧

〔註140〕凡國棟：〈上博七《凡物流形》簡4「九囿出牧」試說〉，武漢：武漢大學簡帛網（http://www.bsm.org.cn/show_article.php?id=937，2009年1月3日）。

〔註141〕李銳：〈《凡物流形》釋讀箚記（三續）〉，北京：清華大學簡帛研究（孔子2000）（http://www.confucius2000.com/admin/list.asp?id=3888，2009年1月8日）。

老子》甲篇：「其未菲（兆）易悔也。」〔註142〕「悔」，今本及《馬王堆帛書‧老子》甲篇皆作「謀」。《郭店‧緇衣》：「毋以少（小）悔敗大惇（作）」〔註143〕，「悔」，亦釋爲「謀」。

此外母、每、某的上古聲韻關係密切，如下表所示：

	上古聲紐	上古韻部
母	明紐	之部
每	明紐	之部
某	明紐	之部

由上表可知，「母、每、某」的上古聲紐及韻部皆同，故音近可以通假，則簡文此字可以隸定爲「誨」，釋爲「謀」，有「籌劃、策略」之義。

【3】佳（封）

佳，簡文甲本簡4作「佳」形，乙本簡4作「佳」形。

原考釋者作「逆」，《說文》：「迎也。」引申爲接受。《儀禮‧聘禮》：「眾介皆逆命不辭。」鄭玄注：「逆，猶受也。」〔註144〕

何有祖以爲此字當讀爲「縫」，指補合。《左傳》昭公二年：「敢拜子之彌縫敝邑，寡君有望焉。」杜預注：「彌補，猶補合也。」〔註145〕

李銳由韻讀判斷，疑是「逢」字之省訛：

> 簡文字形確爲「逆」字，但是由上下文皆押「東」字韻來看，
> 疑爲「逢」字之省訛。《方言》：「逢、逆，迎也。自關而西，或曰迎，
> 或曰逢；自關而東曰逆。」〔註146〕

〔註142〕此隸定從張光裕主編：《郭店楚簡研究‧第一卷文字編》，（臺北：藝文印書館，1999年），頁499。

〔註143〕此隸定從張光裕主編：《郭店楚簡研究‧第一卷文字編》，（臺北：藝文印書館，1999年），頁521。

〔註144〕馬承源主編：《上海博物館藏戰國楚竹書（七）》，上海：上海古籍出版社，2008年12月，232頁。

〔註145〕何有祖：〈《凡物流形》箚記〉，武漢：武漢大學簡帛網（http://www.bsm.org.cn/show_article.php?id=925）2008年12月31日。

〔註146〕李銳：〈《凡物流形》釋文新編（稿）〉，簡帛研究網站（http://jianbo.sdu.edu.cn/admin3/2008/lirui006.htm）2008年12月31日。

廖名春同意李銳說法，但應訓爲「大」：

> 從上文「頌」韻看，當作「逢」。李銳也指出了這一點。《說文‧
> 辵部》：「逢，遇也。」王筠《釋例》：「《攵部》：『夆，啎也。』，《午
> 部》：『啎，逆也』，《辵部》：『逆，迎也。』」相迎即是相遇也。」不
> 過「逢」訓爲「遇」只有遇到義，並沒有「有遇」的特殊義。疑此
> 「逢」字當訓爲「大」。《書‧洪範》：「身其康彊，子孫其逢，吉。」
> 陸德明《釋文》引馬融曰：「逢，大也。」《荀子‧非十二子》：「士
> 君子之容，其冠進，其衣逢，其容銀。」楊倞《注》：「逢，大也。」
> 此是說：誰能使之發達。〔註147〕

凡國棟認爲此字應讀作「封」：

> 我們認爲這個字應讀作「封」上博二《容成氏》18 號簡有字寫
> 作：（《容成氏》18 號簡：禹乃因山淩平隰之可封邑者而繁實之）
>
> 該字從土從豐，本篇簡文疊加了「亻」旁，與《容成氏》18 號
> 簡的那個字應該是一個字的不同寫法。〔註148〕

范常喜亦認爲當讀作「封」：

> 復旦讀會對佳字的隸定可信，《上博二‧容成氏》18 號簡有一
> 「封」字作：，據我們認爲佳亦當讀作「封」，義爲劃界分封。
>
> 《左傳‧昭公七年》：「天子經略，諸侯正封，古之制也。」《漢書‧
> 敍傳下》：「自昔黃唐，經略萬國。」《尚書‧禹貢》：「嵎夷既略，」
> 蔡傳：「略，經略爲之封畛也。」戴侗《六書故》：「畧，啓土而經
> 畫疆理之也。天子制天下，制畿分域，經略九州，各爲之封畛，
> 諸侯受地於天子，則各正其封而已。」〔註149〕

〔註147〕廖名春：〈《凡物流形》校讀零箚（一）〉，北京：清華大學簡帛研究
（http://www.confucius2000.com/qhjb/fwlx3.htm）2008 年 12 月 31 日。

〔註148〕凡國棟：〈上博（七）《凡物流形》簡 4「九囿出牧」試說〉，武漢：武漢大學簡帛
網（http://www.bsm.org.cn/show_article.php?id=937）2009 年 1 月 3 日。

〔註149〕范常喜：〈《上博七‧凡物流形》短箚一則〉，武漢：武漢大學簡帛網
（http://www.bsm.org.cn/show_article.php?id=940）2009 年 1 月 3 日。范常喜與凡
國棟不約而同皆將釋作「封」，范常喜於本文附記：小文寫畢，剛又拜讀到凡國

沈培認爲字當從復旦讀書會的隸定作「隹」，讀爲「封」：

> 我認爲最晚出的凡國棟（2009）、范常喜（2009）讀爲「封」的
> 意見是正確的。凡文已指明「封有畊疆域、分界之義」分往壤說，
> 作爲名詞，「封」可作「疆界」講；作爲動詞，「封」即「起土界」。
> 《周禮》「制其畿疆而溝封之」，鄭玄注「封」即作此解。〔註150〕

心怡案：讀爲「逆」一說，似有未當。屰字甲骨文作（前 6.40.5），象人倒立之形，金文作（目父癸爵）。周代以後，加「辵」作「逆」，僅貨幣文字保留了「屰」的寫法〔註151〕，戰國文字在屰中加圓點、橫筆爲飾筆作（中山王嚳鼎）、（侯馬 156.2）或在屰下加橫筆作（鄂君啓節）。郭店楚簡「逆」字作：「（郭・性・17）」、「（郭・成・32）」雖與〈凡物流形〉甲本簡 4、乙本簡 4右上相似，但戰國文字「逆」字是從「辵」從「屰」，細察、二字字形，其下應是「土」形，而非「止」形。

簡文、二字，應如凡國棟、范常喜、沈培等人所說，當爲「封」。目前戰國文字所見「封」字，有（古幣 140）、（璽彙 4091）、（璽彙 4091）、（陶彙・5・384）、（上博二・容・18）、（新蔡・乙四・136）等形。《說文》：「封，爵侯之土也。從之〔註152〕、從土、從寸，守其制度也，公侯百里、伯七十里、子男五十里。，古文封省。，籀文從豐。」由《說文》可知，「封」之籀文作「」，與《上博二・容・18》字形極爲相似。坴，戰國文字承襲春秋金文，或疊加土旁，其義有聚土於地種植樹木

棟《上博七〈凡物流形〉簡 4「九囿出牧」試說》（簡帛網 2009 年 1 月 3 日），凡已正確釋出了本簡中的「封」字，但具體論證和簡文大意的理解與我們稍有不同，小文作參考。

〔註150〕沈培：〈《上博（七）字詞補說二則〉，上海：復旦大學出土文獻與古文字研究中心（http://www.gwz.fudan.edu.cn/SrcShow.asp?Src_ID=605）2009 年 1 月 3 日。

〔註151〕季師旭昇：《說文新證》（上），（臺北：藝文印書館，2004 年 11 月），136 頁。

〔註152〕封，應是從「豐」，《說文》誤以爲從「之」。見季師旭昇：《說文新證》（下），臺北：藝文印書館，2004 年，11 月，234 頁。

以爲地界之意。在傳世文獻中，「封」，多是帝王以土地、爵位、名號授給王族或有功的人。如《孟子・告子下》：「周公之封於魯，爲方百里也。」簡文應該也是此義，而非只是狹義的「疆界」義。

「九圉出謀，孰爲之封」其義爲「生民之初，全天下的人都在籌劃、策略（封邦建國），而最後是由誰來分封他們的呢？」。

〔17〕虗（吾）既長而或老（死）【1】，孰爲𢐤（薦）【2】奉？

【1】老（死）

原考釋者將「老」釋爲「年老、衰老」，是就其字之本義而解，但就下文「孰爲𢐤（薦）奉」來看，此處的「老」應指「去世」而言。中國人諱言「死」，因而改言「老」，這種習慣在現在的閩南方言還保存著。〔註153〕同樣用法見於《上博二・昔者君老》簡1「昔者，君老：大（太）子朝君」。

【2】𢐤

𢐤，簡文甲本簡5作 形，乙本簡4作 形。

原考釋者以爲「㠯」，構形從二倒「矢」（楚文字「矢」字往往倒寫），字亦見於上海博物館藏楚竹書《緇衣》（對照今本，「㠯」字於該處讀爲「葉公」之「葉」）。按「㠯」字從「矢」得聲，此處讀爲「侍」。古音「矢」爲書母脂部字，「侍」爲禪母之部字，兩字音近可通。〔註154〕

復旦大學讀書會將此字隸定爲𢐤，並括注指出有可能讀爲「箭」或「薦」。〔註155〕

吳國源則釋爲「幸」：

從字形關係看，與「幸」很相近，《上博（四）・昭》第3簡「

〔註153〕季師旭昇：〈《上博二・昔者君老》簡文探究及其與《尚書・顧命》的相關問題〉，《中國文哲研究集刊》，第24期，2004年3月，頁253～292。

〔註154〕馬承源主編：《上海博物館藏戰國楚竹書（七）》，上海：上海古籍出版社，2008年12月，233頁。

〔註155〕復旦大學出土文獻與古文字研究生讀書會：〈《上博（七）・凡物流形》重編釋文〉，上海：復旦大學出土文獻與古文字研究（http://www.gwz.fudan.edu.cn/SrcShow.asp?Src_ID=581），2008年12月31日。

（狱）」，《上博（五）‧姑成家父》第 3 簡「」、「（）」，與此「」皆讀爲「幸」。又，《上博（一）‧緇衣》第十二簡，原釋文隸作「」，《凡物流形》簡文用字與《緇衣》此字形極爲相似，不過對照《凡物流形》甲、乙本，簡字形兩部分皆從「止」、從「屰」，隸定爲兩個並列的「幸」字更恰當。……「幸奉」即「幸而奉之」，前文「既長而或老」強調人生的不幸，後文發問「孰爲幸奉」，緊承其義而爲文，意即吉而免兇、得到奉養。「幸而奉之」與「神而明之」結構一致，「幸」「神」通轉，「奉」「神」旁轉，皆相互叶韻。〔註156〕

心怡案：簡文、二字，應從隸定爲「垚」象二「至」，「至」爲「矢」之倒文，即「箭」之初文。〔註157〕，從復旦讀書會讀爲「薦」。「垚」亦見於《上博一‧緇衣》簡 12 作形，而於《郭店‧緇衣》簡 22 作「」形，李家浩先生以爲此字與大府鎬「」字相同，均應釋爲「晉」。〔註158〕而簡文、二字於字形似有變化與「從矢」或「從箭」偏旁不同，但在《曾侯乙》簡 14「（晉）」字可以發現其上部與簡文相似，可參。

在音韻關係上，「箭」屬「見紐元部」、「薦」爲「見紐元部」，聲韻畢同，音近可通假。薦，「呈獻、進獻」之義，引申爲祭拜之意。如《論語‧鄉黨》：「君賜腥，必熟而薦之。」可參。

本句「吾既長而或死，孰爲薦奉？」意思爲「等到我年老而死去時，誰來侍奉、祭拜我呢？」

〔18〕（奚）故神（明）【1】

【1】（明）

，甲本簡 5 作形，乙本簡 4 作形。

〔註156〕吳國源：〈《上博（七）凡物流形》零釋〉，北京：清華大學簡帛研究（孔子2000）（http://www.confucius2000.com/qhjb/fwlx5.htm，090101）。

〔註157〕何琳儀：《戰國古文字典》（下），（北京：中華書局），1999 年頁 1151。

〔註158〕李家浩：〈楚大廈鎬銘文新釋〉，《語言學論叢》22 輯，（北京：商務印書館），1999年，頁 98～99。

　　原考釋者以爲「䀈」，楚文字「盟」字異構。包山楚簡「凶攻解於䀈禮」、九店楚簡《日書》「利以敓䀈禮」、望山楚簡「與䀈禮」，「䀈禮」即「盟詛」。「盟」古代在神前誓約、結盟。《詩・小雅・巧言》：「君子屢盟，亂是用長。」《左傳・僖公二十八年》：「癸亥，王子虎盟諸侯于王庭，要言曰：『皆獎王室，無相也。有渝此盟，明神殛之！』」「鬼生於人，奚古神盟」意思是說，人死而成爲鬼，何故要將其當作神靈來對待。〔註159〕

　　復旦讀書會讀爲「明」。〔註160〕

　　心怡案：此字應隸作䀈，爲「盟」字異體，在此假借讀爲「明」。「明」字甲骨文作 （前 7.43.2）、 （後 2.17.3），其所從「田」、「日」爲囧形的異體〔註161〕。「盟」初形作「盟」，後來西周金文進一步把「囧」聲改爲「明」聲，如 （西周早・魯侯爵），至春秋金文這樣的寫法更加多見，如 （邾公釛鐘）、 （邾公華鐘）、 （王孫鼎鐘）。楚文字易「皿」旁爲「示」，以強調其宗教神義，如 （包 2・211）、 （包 2・139 背），另外《凡物流行》甲、乙二本亦出現了三次，其字形分別作 A： （甲 5）、B： （甲 8）、C： （乙 4），其中 A、C 二字形更是將「明」訛成「二日」。

　　「明」應是「聰慧、悟性很高」義。《中庸》：「唯天下至聖，爲能聰明睿知，足以有臨也。」即「只有全天下德行達到最高的聖人，耳朵聽到的事情能辨明是非，眼睛見到事物能察照眞僞）一切道理沒有不通徹明達，天下的事情沒有不知曉的（即聰慧之意），足以居上位而臨下民，督導世間、領導百姓而有餘裕。本句「鬼生於人，奚故神明」意思爲「鬼是由人死後而產生的，爲什麼祂們能

〔註159〕馬承源主編：《上海博物館藏戰國楚竹書（七）》，（上海：　上海古籍出版社），2008 年 12 月，233 頁。

〔註160〕復旦大學出土文獻與古文字研究生讀書會：《〈上博（七）・凡物流形〉重編釋文》，上海：復旦大學出土文獻與古文字研究（http://www.gwz.fudan.edu.cn/SrcShow.asp?Src_ID=581，2008 年 12 月 31 日）。

〔註161〕季師旭昇指出甲骨文「盟」字上部所從有「囧」、「田」、「日」三形，其實都是「囧」形的異體，這個情形和「明」形左旁所從相同，二者可以互證。西周金文進一步把「囧」聲改成「明」聲。參見《說文新證》（上冊），（臺北：藝文印書館），2004 年，頁 554。

夠如此玄妙聰慧？」。

〔19〕其夬（慧）【1】𥄂（奚）窪（敵）【2】

【1】夬

夬，簡文甲本簡 5 作 ，乙本簡 5 作 形（下以△代替之）。

原考釋者認爲「夬」讀爲「缺」，「缺」字從「夬」得聲（《說文》謂「決省聲」。徐灝《注箋》指出：「《六書故》引唐本『夬聲』。」）可通。《老子》「大成若缺」，郭店楚簡本「缺」作「夬」。「缺」殘缺，缺少。《詩・邶風・破斧》：「破我斧，又缺我斨。」《莊子・逍遙遊》：「堯讓天下於許由，曰：『……夫子立而天下治，而我猶尸之，吾自視缺然，請致天下。』」〔註162〕

復旦讀書會將△字，隸作「夬」，讀爲「慧」。〔註163〕季師旭昇亦認爲「夬」應讀爲「慧」。〔註164〕

心怡案：「夬」，甲骨文作 （《類纂》358）象右手套扳指之形〔註165〕。扳指有「如環無端」和「如環而缺」兩種。如 《集成 300・5/缺》所從 屬「如環無端」；（《集成 310・3》所從 屬「如環而缺」。〔註166〕楚系簡帛文字作：（郭・老乙・14）、（郭・語一・91）、（包 2・260）、（九 56・96）、（仰 25・7）等形，可見△字字形應是承甲、金文字形而來，因此將△字隸作「夬」，可從。

〔註162〕馬承源主編：《上海博物館藏戰國楚竹書（七）》，上海：上海古籍出版社，2008年 12 月，234 頁。

〔註163〕復旦大學出土文獻與古文字研究生讀書會：〈《上博（七）・凡物流形》重編釋文〉，上海：復旦大學出土文獻與古文字研究（http://www.gwz.fudan.edu.cn/SrcShow.asp?Src_ID=581，2008 年 12 月 31 日）。

〔註164〕季師旭昇：〈上博七芻議（二）：凡物流形〉，（武漢：武漢大學簡帛網 http://www.bsm.org.cn/show_article.php?id=9342009 年 1 月 2 日。）

〔註165〕何琳儀：《戰國古文字典》，（北京：中華書局，2004 年 9 月），頁 905。

〔註166〕何琳儀：〈仰天湖竹簡選釋〉《新出楚簡文字考》，（合肥：安徽大學出版社，2007年 3 月），頁 368～369。

出土文獻中常見「快」「慧」二字通假，如《郭店·性自命出》簡 38「又
丌爲人之慧如也，弗牧不可」，其中「慧」字於《郭店楚墓竹簡·性自命出》作
「快」；今本《老子》十八章「智慧出，有大僞」一句於《馬王堆漢墓帛書·老
子甲本》作：「知快出，有大僞」，其中「知快」於《馬王堆漢墓帛書·老子乙
本》則作「知慧」，由上列文例可知「慧」、「快」兩字古通。「快」古音溪紐月
部，「夬」古音見紐月部，韻同聲近故可通假。

就上下文意來看，上句「其智愈彰」是在說明骨肉靡化後的人變爲鬼神，
他們留下的智慧仍然彰顯；承上句句意，下句爲「其慧奚敵」，則是在說明他們
的聰慧實在是沒有人可以比得上，有誰能夠知道他們智慧的底限呢？

【2】壂（敵）

壂，簡文甲本簡 5 作 形，乙本簡 5 作 形（下以△字代之）。

原考釋者以爲「壂」，讀爲「適」。「適」從「啻」得聲，而「啻」從「帝」
聲，故可相通。「適」符合，引申爲補滿。《漢書·循吏傳·黃霸》：「又發騎
士詣北軍，馬不適士。」師古注引孟康曰：「關西人謂補滿爲適。馬少士多，
不相補滿也。」〔註167〕

蘇建洲學長在比照甲本簡 5 及乙本簡 5 認爲應隸定爲「壂」。〔註168〕

心怡案：△字蘇建洲學長隸定爲「壂」，其說正確可從。楚文字從「土」之
字作：

1.郭店·成·1/城	2.郭店·成·5/型	3.包·2·126/陽	4.曾·173/城	上博二·容·27/禹

與所論簡文字形下方的部件相同，故可隸定爲「壂」，釋作「敵」，「匹敵」之
意。

若將「壂」釋爲「適」，引申爲「補滿」則於文意上不通順。

〔註167〕馬承源主編：《上海博物館藏戰國楚竹書（七）》，上海：上海古籍出版社，2008
年 12 月，234 頁。

〔註168〕蘇建洲：〈《凡物流形》甲 8「昭天之明」〉，上海：復旦大學出土文獻與古文字研
究（http://www.gwz.fudan.edu.cn/SrcShow.asp?Src_ID=667）2009 年 1 月 17 日。

〔20〕箮（孰）智（知）其疆

「疆」，簡文甲本簡 5 作，乙本簡 5 作形（下以△代之）。

原考釋者認爲是「彊」字，通「彊」。《呂氏春秋・孝行覽・長攻》：「凡治亂存亡，安危彊弱，必有其遇，然後可成。」「彊弱」即「彊弱」。又《左傳・襄公二十五年》：「辨京淩，表淳淩，表淳鹵數疆潦。」楊伯峻注：「疆，當作彊。彊潦，謂土性剛硬，受水則潦。」「彊」，強壯。《書・洪範》：「身其康彊。」〔註 169〕

吳國源以爲「疆」即邊際、止境之意。〔註 170〕

心怡案：楚系文字「彊」作：（郭・語三・46）、（郭・語三・48），而「疆」作：（包 2・153）、（包 2・154）、（包 2・179），故簡文此字應隸作「疆」，讀如本字。《說文》：「畺，界也。從畕；三，其界畫也。疆，畺或從彊、土。」據《說文》此字當釋爲「邊界」之意，引申爲「底限」、「邊際」。

〔21〕虐（吾）系（奚）自飤（食）之

簡文甲本簡 6 作，乙本簡 5 作。

原考釋者曹錦炎認爲「飤」，同「食」字。《說文》：「飤，糧也。從人、食。」段玉裁注：「以食食人物，本作食，俗作飤，或作飼。」從古文字來看，「食」、「飤」爲一字，余義鐘銘「飲飤歌舞」，「飲飤」即「飲食」。〔註 171〕

〔22〕虐（吾）系（奚）峕（待）之

原考釋者曹錦炎，隸作「峕」，爲「時」之古文，其義作「時候」解。〔註 172〕

〔註 169〕馬承源主編：《上海博物館藏戰國楚竹書（七）》，上海：上海古籍出版社，2008 年 12 月，235 頁。

〔註 170〕吳國源：〈《上博（七）・凡物流形》零釋〉，北京：清華大學簡研究（http://www.confucius 2000.com/qhjb/fwlx5.htm），2009 年 1 月 1 日。

〔註 171〕馬承源主編：《上海博物館藏戰國楚竹書（七）》，（上海：上海古籍出版社，2008 年 12 月），頁 235。

〔註 172〕馬承源主編：《上海博物館藏戰國楚竹書（七）》，（上海：上海古籍出版社，2008

李銳釋爲「待」。〔註173〕

季師旭昇認爲「時」似可釋爲「善」，引《毛詩・小雅・頍弁》「爾殽既時」傳：「時，善也。」此外《上博一・孔子詩論》簡19「樛木之時」用的便是這個意思。李銳將「時」釋爲「待」，義亦相近。〔註174〕

心怡案：「旹」，從日、之聲，與《說文》古文從之、日作「旹」同。「時」，可從李銳之說釋「待」，進一步引申可釋爲「得於時宜」，《論語・鄉黨》：「不時不食」《詩緝》：「適當其時」。簡文「骨肉之旣柰（靡），身豐（體）不見，虗（吾）系（奚）自飤（食）之？其來無厇（度），虗（吾）系（奚）旹（待）之」應該與《論語》是同樣的句式用法。本句的意思爲「人的骨肉已經靡敗，身體無法看見，我如何來餵養祂們？祂們來去沒有一定，我如何對待祂們才是得於時宜？

〔23〕窒（隋）〔1〕祭員（焄）〔2〕奚登（升）〔3〕

【1】窒（隋）

「窒」，簡文甲本簡7作 ，乙本簡6作 。

對於 字討論者甚眾，各有所據，目前學者有以下幾種看法：

一、原考釋者曹錦炎先生認爲「窒」爲「塞」字異體。郭店楚簡《窮達以時》「塞」字作「空」，其構形見於《龍龕手鑑・穴部》和《正字通・穴部》，均以「空」爲「塞」字。《說文》「塞」字篆文作「塞」，簡文「窒」字構形是在「空」字中間部位增加「又」旁，更接近小篆的寫法。「塞」，酬神之意。〔註175〕

年12月），頁236。

〔註173〕李銳：〈《凡物流形》釋文新編（稿）〉，（北京：清華大學簡帛研究，http://jianbo.sdu.edu.cn/admin3/2008/lirui006.htm，2008年12月31日。）

〔註174〕季師旭昇：〈上博七芻議（二）：凡物流形〉，（武漢：簡帛網，http://www.bsm.org.cn/show_article.php?id=934，2009年1月2日。）「樛木之時」應爲《上博一・孔子詩論》簡10，季師誤刊。

〔註175〕馬承源主編：《上海博物館藏戰國楚竹書（七）》，（上海：上海古籍出版社，2008年12月），頁236。

二、復旦大學讀書會隸作「窐」〔註176〕，但沒有說明。

三、李銳先生認爲當隸定爲「窐」，疑讀爲竈或造，「竈」從「六」得聲。從諧韻的角度來看，應讀爲「造」。〔註177〕《周禮·春官·大祝》：「掌六祈，以同鬼神示，一曰類，二曰造，三曰禬，四曰禜，五曰攻，六曰說。」鄭注：「故書造作竈。杜子春讀竈爲造次之造，書亦或爲造，造祭于祖也。」

四、羅小華先生則疑從穴，聖聲。《說文》：「聖，汝穎之間謂致力於地曰聖。從土，從又，讀若窟。」「穴」旁疑爲贅加形旁。〔註178〕

五、季師旭昇認爲「六」與「穴」形近，「窐」字應視爲從「穴」、「左」聲，讀爲「隋」：

> 此字從「六」難以解釋，疑當從「穴」、「聖」聲，「聖」字與
> 《說文》釋爲「汝穎之間謂謂力於地曰聖」之「聖」並非同字。
> 在楚文字中，從「聖」之字多讀爲「墮、隨、隋」，如《上博三·
> 周易》簡26「執其陸」，字形作「」。《上博三·周易》簡26本
> 句於馬王堆本及今本均作「隨」，可證「陸」字也應該讀爲「隨」，
> 「陸」字從二「左」（當即「墮」之初形或省形）、「左」亦聲，只
> 是左手形寫成「又」（左手形與右手形在古文字偏旁中的區分並不
> 是很嚴格）。〈凡物流形〉「窐」字應視爲從「穴」、「左」聲，讀爲
> 「隋」。「隋」是古代的一種祭祀，《周禮·春官·小祝》：「大祭祀，
> 逆齍盛，送逆尸，沃尸盥，贊隋，贊徹，贊奠。」鄭玄注：「隋，
> 尸之祭也。」〔註179〕

六、單育辰先生認爲此字從「六」從「又」從「土」，應隸定爲「窐」，此

〔註176〕復旦大學讀書會：〈《上博七·凡物流形》重編釋文〉，（上海復旦大學出土文獻與古文字研究中心 http://www.gwz.fudan.edu.cn/SrcShow.asp?Src_ID=581，2008 年 12 月 31 日）。

〔註177〕李銳：〈《凡物流行》釋文新編〉，（北京：清華大學簡帛研究 http://jianbo.sdu.edu.cn/admin3/2008/lirui006.htm，2008 年 12 月 31 日）。

〔註178〕羅小華：〈《凡勿流型》甲本選釋五則〉，（武漢：武漢大學簡帛網 http://www.bsm.org.cn/show_article.php?id=922，2008 年 12 月 31 日）。

〔註179〕季師旭昇：〈上博七芻議三：凡物流行〉，（上海：復旦大學出土文獻與古文字研究中心：http://www.gwz.fudan.edu.cn/SrcShow.asp?Src_ID=603，2009 年 1 月 3 日）。

字以爻爲聲，讀爲「屢」，是個副詞，用來修飾「祭祀」的頻率繁多。〔註180〕

七、宋華強先生舉出戰國、秦文字 、、、、、 等形，疑從「罙」，簡文可隸定爲「窂」，釋爲「奧」，是室內尊處，常用來祭祀神靈。〔註181〕

八、孟蓬生先生認爲「窒」可以看作雙聲符字，就是在「穴」基礎上加了「聖」爲聲符。古音「穴」一般歸入質部，而「聖」據《說文》讀若則在物部，故可相通。加「穴」旁有「墓穴」義。羅先生以「穴」旁疑爲贅加形旁似非是。且此字應屬上讀，「穴」爲「墓穴」義。簡文大意是說：他什麼時候來又沒個準兒，我爲什麼一定要在墓穴旁等待呢？如何給他進獻食物，我要怎麼做才能讓他吃飽呢？〔註182〕

九、劉信芳先生認爲「窒」從六聲，讀爲「禉」，爲祭天神之禮。〔註183〕

十、凡國棟先生以爲此字應隸定作「窞」，其說摘錄如下：

> 我們懷疑這個寫作從「又」從「土」的部件很可能是楚文字中的 字的省形。在璽文中常見一個從「付」從「土」的「府」字，如 （古璽彙編 3438），這種寫法的「府」字亦見于楚簡，如 （上博周易 51 號簡）、（上博周易 52 號簡）。我們都知道楚文字中的「府」字一般寫作從「宀」從「付」，如 （上博容成氏 6 號簡）、（曾侯乙樂鐘·《殷周金文集成》00328-7）、（上博五三德 15 號簡），其中三德 15 號簡用作「俯視」之「俯」。此外還有些寫法是添加「貝」旁用做府庫之「府」的專字，如 （包山 172 號簡）。此外就是 A、B 二字所從這種寫作「窞」的「府」字。只不過 A 字在上部疊加「穴」旁作爲義符，而古文字中從「穴」

〔註180〕單育辰：〈佔畢隨錄之八〉，（上海：復旦大學出土文獻與古文字研究中心：http://www.gwz.fudan.edu.cn/SrcShow.asp?Src_ID=606，2009 年 1 月 3 日）。

〔註181〕宋華強：《《上博七·凡物流形》散箚〉，（武漢：武漢大學簡帛網：http://www.bsm.org.cn/show_article.php?id=958，2009 年 1 月 6 日）。

〔註182〕孟蓬生：〈說《凡物流形》之祭員〉，（上海：復旦大學出土文獻與古文字研究中心：http://www.gwz.fudan.edu.cn/SrcShow.asp?Src_ID=649，2009 年 1 月 12 日）。

〔註183〕劉信芳：《《凡物流形》禉祭及相關問題〉，（武漢：武漢大學簡帛網：http://www.bsm.org.cn/show_article.php?id=968，2009 年 1 月 13 日）。

從「宀」常常沒有分別，因此 A 字可讀爲從「坒」得聲之字，只是作爲「付」的基本構件的「人」形被省略了。這樣的例子亦見于新蔡封泥，表中拓片不是十分清晰，但是從彩色照片可以看出，「宀」下的「付」形省去了「人」旁，而 A 字很可能也是這種情況，應當隸定爲窇，分析爲從穴，「坒」省聲。同樣的道理，B 字應該隸定爲「鐙」，分析爲從金，「坒」省聲。……

至於 A 字在簡文中的用法，我們考慮有讀爲「腐」、「祔」和「附」等三種可能，「腐」、「祔」和「附」與 A 字一樣均從「付」得聲，當可通假。

我們先說 A 讀爲「腐」的情況。《說文》：「腐，爛也。」有臭敗、腐朽之義。《荀子·勸學》：「肉腐出蟲，魚枯生蠹。」《呂氏春秋·盡數》：「流水不腐，戶樞不蝼。」簡文則是指祭品的腐敗變質。如則第三處「之」字應該指代「祭品」，句義可理解爲鬼神來不來也沒有準信，我們何必等得祭品也腐敗變質呢？如此解釋也正與前文「自食之」義相呼應。……「祔」是一種在宗廟內將後死者神位附于先祖旁的祭祀行爲。《儀禮·既夕禮》：「卒哭，明日以其班祔。」鄭玄注：「班，次也。祔，卒哭之明日祭名。」《左傳·僖公三十三年》：「凡君薨，卒哭而祔。」杜預注：「以新死者之神祔之於祖。」這樣整段簡文三處「之」字都以指代鬼神爲宜，「祭」下的「員」字可讀爲「云」，「癸」下之字可讀爲「升」，在 A 字前斷讀作「祔祭云癸升」。……陳偉師看過拙稿後在來信中指出：「祔祭之外，我想到另一可能，即讀爲『附』，指鬼魂依附。查楊雄集《宗正銘》說：『宗廟荒墟，魂靈靡附。』」……古人祭祀死者，必立尸以代死者受祭，或以木爲神主代之，或以人代之。如《詩·小雅·楚茨》：「神具醉止，皇尸載起。鼓鍾送尸，神保聿歸。」《儀禮·士虞禮》：「祝迎尸，一人衰絰奉篚哭從尸。鄭玄注：「尸，主也。孝子之祭，不見親之形象，心無所繫，立尸而主意焉。」《公羊傳·宣公八年》「祭之明日也」何休注：「祭必有尸者，節神也。禮，天子以卿爲尸，諸侯以大夫爲尸，卿大夫以下以孫爲尸。」因爲鬼神骨肉不存，無所依附，

故在祭祀中，設尸以爲鬼神附體的寄託，代鬼神受祭。如此理解，則陳師的意見亦屬合乎情理，值得我們重視。

綜上所述，我們對 A 字釋讀提出三種可能，我們先前的意見是傾向於讀爲「祔」，陳師後來亦在來信中指出：「在文義解釋上，我不大傾向圍繞食物作文章。一連幾句說祭品，好像不大可能。」但是就目前的認識來看，我們無法斷然否定讀爲「腐」的可能性，故兼存三說，望方家有以教之。〔註184〕

心怡案：將上述十種說法歸納整理後，可以看出針對「字形」隸定主要意見有四，分別作塞之異體、窒、窀、窆；「字音」因隸定不同而有「隋」、「栖」、「窒」（讀若窟）、造、祔、屢的讀法；「字義」則分爲祭神、祭人鬼、或作頻率副詞、或是指室內奠處。以下就學者提出看法的時間先後，依序討論。

首先，就第一說，原考釋曹錦炎先生認爲簡文🔲，是在🔲中間部位增加「又」旁，更接近小篆「塞」字的寫法，其說似有可商。🔲，郭店原考釋隸定作「窒」，對此字沒有解說。〔註185〕徐在國認爲「窒」是「塞」字古文，從「穴」從「土」會意。《正字通・穴部》：「窒，古文塞，以土窒穴也。見《古文奇字》。」《說文・土部》：「塞，隔也。從土，從寀。」「塞」字古有阻塞、滯塞等義。〔註186〕白於藍〔註187〕、李零〔註188〕、李守奎〔註189〕、張紅〔註190〕

〔註184〕凡國棟：〈上博七《凡物流形》甲 7 號簡從「付」之字小識〉，（武漢：武漢大學簡帛網：http://www.bsm.org.cn/show_article.php?id=1032，2009 年 4 月 21 日）。

〔註185〕荊門市博物館編：《郭店楚墓竹簡》，（北京：文物出版社，1998 年），頁 146。

〔註186〕徐在國：〈郭店文字三考〉，《新出楚簡文字考》，（合肥：安徽大學出版社，2007 年 3 月），頁 27。

〔註187〕白於藍：〈郭店楚墓竹簡考釋（四篇）〉，《簡帛研究》，（廣西：廣西師範大學出版社，2001 年）。頁 197。

〔註188〕李零：《郭店楚簡校讀記》（增訂本），（北京：中國人民大學出版社，2007 年），頁 114。

〔註189〕李守奎在《楚文字編》中，將《郭店・窮達以時》簡 10 的🔲字，列於「塞」字條下。本書並未收入《上海博物館藏戰國楚竹書》任何一冊的文字。見《楚文字編》，（上海：華東師範大學出版社，2003 年 12 月），頁 775。

〔註190〕張紅：《郭店簡《窮達以時》集釋》，吉林大學碩士學位論文，2006 年 4 月，頁 35。

皆同意釋讀爲「塞」。鄭剛釋爲「瘂」〔註191〕，王志平釋爲「穴」〔註192〕。

※ 相同字形見於《上海博物館藏戰國楚竹書（三）》※ 〔註193〕（《周易‧56（殘）》）、《新蔡葛陵楚簡》作 ※ （《甲三‧366》）、※ （《乙一‧22》）、※ （《乙一‧24》），《新蔡葛陵楚簡》原考釋賈連敏釋爲「穴」〔註194〕，何琳儀先生分析爲「原篆下從『土』，上從『穴』，乃『穴』之繁文」〔註195〕皆釋作「穴」。茲列舉《新蔡葛陵楚簡》相關文例如下：

1. ☒[老]童、祝融（融）、穴贏（熊）芳屯一☒（甲三‧35）
2. 老嬞（童）、祝融（融）、空（穴）酓（熊）。（乙一‧22）
3. 融（融）、空（穴）酓（熊）各一瓤（牂）。（乙一‧24）

黃德寬認爲「穴熊」的「穴」或從「土」，當是一個異體，是增加義符以求字義表達更爲完整，這在戰國文字中爲常例。〔註196〕經由上列文例，「※」應可視作「穴」之異體。據此曹錦炎先生所說的在 空（穴）中間加一「又」形，似乎就無法解釋在「穴」中加一「又」形，何以能釋作「塞」了。

其次，曹錦炎先生以爲簡文 ※ 是塞的異體字，有酬神之意，引司馬貞《索隱》：「塞，與賽同。賽，今報福神也。」「賽」，甲骨文作 ※ （粹945），金文作 ※ （寏公孫眉匜），甲骨文從廾持二「工」在「宀」中，會雙手持雙玉報答於宗廟神祇之意。何琳儀先生以爲寏爲賽之初文〔註197〕。季師旭昇認爲「工」形可

〔註191〕轉引張紅《郭店簡《窮達以時》集釋》，吉林大學碩士學位論文，2006年4月，頁35。詳見鄭剛：《楚簡孔子論說辯證》，（廣東：汕頭大學出版社，2004年）。

〔註192〕王志平認爲 ※，當讀爲穴。《詩‧綿》：「陶復陶穴。」鄭箋：「鑿地曰穴。」參見〈窮達以時箋釋〉，《簡帛拾零——簡帛文獻語言研究叢稿》，（臺北：五南出版社，2009年4月），頁162～163。

〔註193〕賈連敏：《新蔡葛陵楚墓出土竹簡釋文》，收入河南省文物考古研究所編著：《新蔡葛陵楚墓》，大象出版社，2003年。

〔註194〕張勝波：《新蔡葛陵竹簡文字編》，吉林大學碩士學位論文，2006年4月，頁92。

〔註195〕何琳儀〈新蔡竹簡選釋〉（下），（北京：清華大學簡帛研究，http://www.jianbo.org/admin3/list.asp?id=1061，2004年12月7日）。

〔註196〕黃德寬：〈新蔡葛陵楚簡所見「穴熊」及相關問題〉，《新出楚簡文字考》，（合肥：安徽大學出版非，2007年3月），頁263。

〔註197〕何琳儀：《戰國古文字典》（上），（北京：中華書局，2004年9月，第二次刷印），頁115。

從戰國文字逆推可能是「玉」省，只是甲金文玉形未見如此寫的，也有可能是和「巫」一樣的賽報祭祀工具。〔註198〕戰國楚文字承襲金文寫法，唯又疊加義符「貝」。至戰國楚系文字中從「窲」的字可分為以下六類：

A 類：疊加義符「貝」，省去「卄」形，如：圖（《包・2・208》）。

B 類：疊加義符「貝」，「工」形寫作「玉」形，如：圖（《包・2・213》）。

C 類：疊加義符「貝」，「工」形寫作「玉」形，省去「卄」形，如：圖（《望・1卜》）。

D 類：疊加義符「貝」，「宀」形作「亼」形，「工」形寫作「玉」形，省去「卄」形，如：圖（《望・1卜》）。

E 類：疊加義符「土」，「宀」形作「亼」形，省去「卄」形，如圖：（《上博二・民之父母・7》）。

F 類：疊加義符「土」，「卄」形訛作「大」形，如圖《馬王堆帛書，問・019》。

上述六類，A、B、C、D類加義符「貝」者，今作「賽」字；而 E、F類加義符「土」者，今作「塞」字。「塞」、「賽」在古文字常有通假之例，如《郭店楚簡・老子・甲》簡 27：「閟（閉）其逸（兌），賽其門」作「賽」，而《馬王堆帛書・老子・乙》：「塞其㙂，閉其門。」作「塞」；王弼本《老子》「塞其兌，閉其門。」作「塞」。在傳世經典「塞」、「賽」也見通假之例，如《史記・封禪書》：「故雍四畤，春以爲歲禱，因泮凍，秋涸凍，冬塞祠，五月嘗駒，及四仲之月月祠，陳寶節來一祠。」馬司貞《索隱》云：「與『賽』同。賽，今報神福也。」而《漢書・郊祀志》作「故雍四畤，春以爲歲祠禱，因泮凍，秋涸凍，冬賽祠，五月嘗駒，及四中之月月祠，若陳寶節來一祠。」即是「塞」、「賽」通假之例。此外，由上引文獻看來，「賽」，是一種報答神明的祭典，其對象爲天神或自然神，與〈凡物流形〉所祭祀對象－鬼神不同。

第二說復旦大學讀書會認爲字形應該「從六」。以下筆者針將對簡文圖究竟「從穴」或「從六」做一個說明。

穴，《說文》：「土室也。從宀、八聲。」甲骨、金文皆未見單獨「穴」字。

〔註198〕季師旭昇：《說文新證》（上），（臺北：藝文印書館，2004 年 10 月，初版二刷），頁 378。

卜辭 𠆢 （《拾》5.7）字所從「」，葉玉森釋爲穴，李孝定〔註199〕從之。字疑象土室之形，從宀下二點，不從八，二點或象通氣孔穴。〔註200〕金文「穴」字僅見偏旁，如：𠣜（𠣜父辛觶6418），李孝定謂𠣜字從穴，即釋宀爲穴。〔註201〕

六，《說文》：「易之數陰變於六正於八，從入、從八。」甲骨文作「介」（菁1.1）、八（鐵135.3）、八（佚76）等三形，西周金文承襲介形，如介（靜簋）。

穴、六二形在甲、金文上字形有較大差異：就上半部而言，「穴」字左右兩筆共一尖頭，而「六」字則左撇在上，右捺在下，二者並不平衡；下半部，穴字多作二折筆，折角較大；六字多作一撇一捺，折角甚小。戰國時代，二形雖可區分，如以秦系來看「穴」字作 內（《睡·封》74）、內（《睡·法》152）；「六」字作 六（《睡·效》3）、六（《睡·日甲》63背）；但誠如季師旭昇所說，在楚系文字從穴、從六，因字形相近，而不易區分，以下將楚系文字從穴及從六之字各列成一表，並附上文例，以便解說，詳見下表：

從 穴 之 字			
字 形	出 處	文 例	詞 義
1	郭店·成之·11	窮源（源）反杳（本）者之貴。	極盡。
2	包山·245	疾𦣞，病窔。	深，在此指病重。〔註202〕
3	（1）郭店·窮·10 （2）新蔡·乙1·22	（1）驈（驪）駒張山𩦯空（穴）於卲坓。 （2）空（穴）酓（熊）。	（1）洞穴。 （2）祖先名。

〔註199〕李孝定：《甲骨文字集釋》第七，（臺北：中央研究院歷史語言研究所），1965年，頁2507。

〔註200〕季師旭昇：《說文新證》（上冊），（臺北：藝文印書館），2004年10月，頁607。

〔註201〕周法高主編：《金文詁林附錄》（上），（臺北：中央研究院歷史語言研究所），1982年，頁1066。

〔註202〕《說文》：「窔，深也。」《爾雅·釋宮》：「東南隅謂之窔。」《釋名·釋宮室》：「東南隅曰窔。窔，幽也，亦取幽冥也。」古時室之東南隅與西南隅通常爲幽深少光之處。班固《答賓戲》：「守窔奧之熒燭。」可見其幽深少光。

| 4 |
〔註203〕 | 上博五・姑・5 | 姑（苦）成豪（家）父乃窰（寧）
百鋠，不思從。 | 安定。 |
| 5 | | 上博三・中・10 | 夫睯（賢）才不可寋（弇）
也。 | 掩蓋。 |

六 及 從 六 之 字			
字　　形	出　　處	文　　例	詞　　義
6		曾姬無卹壺	惟王二十六年	自然數
7		包山・118	貣邲異之金六益。	自然數
8		包山・181	安邡（陸）人	地名
9		包山・91	安陸	地名
10		曾・174	韇馬之駜	單位詞
11		上博三・周・50	瑪（鴻）漸于陸。瑪	陸地
12		上博三・周・22	六四：僮牛之…	自然數
13		上博三・周・23	六五：芬豕之臿，吉。	自然數
14		上博七・吳・09	五、六日。	自然數

　　不過，我們看〈凡物流形〉「　」字，穴之上部左右平衡，不像六形左撇在上，因此視為從宀似乎較合理。

　　除此之外，從上列二表看，穴字為偏旁時，作　、　、　等形與從六之字有作　、　、　等形，除穴字、六字標準寫法有較大區別外，確實是形近而不易分辨，尤其在上博楚簡中，六字寫法有些反而較近「穴」形，如字例12、13、14；亦見「穴」形近「六」形的，如字例4。

　　從構形位置來看，在目前所見字形中，「六」字作偏旁時，通常字體為左

〔註203〕古文字「穴」形常與「宀」形替換，何琳儀稱此現象為「形符互作」，形符互換後，
　　　　形體雖異，意義不變。窰（寧）字在此屬於形符互作。

右排列，如 （《包山・91》）、（《包山・181》）。相較而言，「穴」字的文字構形，幾乎皆是上下排例，且「穴」位於字體的最上方，其例詳見上表一。因此不論是從穴、六字的字形或是從文字構形來看，簡文「」最上方的部件，應是從「穴」較爲合理。

就筆者所列舉的文例看來，從穴之字，多與「穴」之義〔註204〕相關；「六」，通常以單字出現，作自然數用。而從六之字，則多作國名（或地名），如字例8、9；或作單位詞用，如字例10；或者是合文，亦作自然數用，如字例12、13。唯字例11，指「高之頂也」。「陸」，商代金文作 （父乙卣），從𨸏，坴聲。西周金文作 （義伯簋），從雙坴。春秋金文作 （郱公釙鐘），附加土旁。戰國文字承襲春秋金文。〔註205〕楚系文字從六或雙六作 （包2・62）、（包2・181），可知「陸」字本形應從「坴」，楚簡從「六」應是簡形。除此之外，從六之字有個特徵，就是以「六」爲聲符。

第三說，李銳先生認爲當隸定爲夋，讀爲竈（則到切）或造（七到切）。竈，《說文》：「炊竈也。從穴、䵞省聲。：竈或不省。」金文作 （秦公鎛）、（邵鐘）石鼓文作 （《吳人》）、戰國文字作 （《陶彙・3・781》）、（《璽彙・5496》）、（《睡・日甲・72 背》）。竈，七宿切，但是從文字演變來看，無法看出這樣的結構。〔註206〕雖然竈、造二字音近可通假，但是若 字從六得聲，「」字字形結構在該字應如何解釋？李銳先生並沒有對此提出討論。

關於「竈」據傳世典籍來看，至少有二種說法，一說「告祭祖禰廟謂之造」，一說爲「竈神」。先就「告祭禰廟」討論，《周禮・春官・大祝》：「掌六祈，以同神鬼示，一曰類，二曰造。」認爲「竈祭」即「造祭」。鄭玄《注》：

〔註204〕《易・繫辭・下》：「上古穴居而野處。」《墨子・辭過》：「古之民，未知宮室時，就陵阜而居，穴而處。」因此「穴」，是先民未建造宮室之時，用來遮風擋語用的居處，因此我們可以說，從穴之字，通常有遮蔽之意。如，「弇」，即有覆蓋、掩蓋之意。或是有室塞之意，如，「窮」，有「室塞」之意，見《孟子・公孫丑上》：「遁辭知其所窮」。

〔註205〕何琳儀：《戰國古文字典》（上冊），（北京：中華書局，2004 年，第二版），頁 225～226。

〔註206〕李師旭昇：《說文新證》（上冊），（臺北：藝文印書館，2004 年 10 月），頁 609。

「祈，嘄也，謂爲有災變，號乎告神以求福也。杜子春云：『造，祭於祖也。』」據此，「造」，指大災禍降臨，君王至宗廟告神祭祖以祈求災去福臨爲「禳災之祭」。

其二，竈，《說文》以爲「炊竈也」，先秦典籍，「竈」通常指「竈神」，主飲食之事。關於竈神的來源，鄒濬智學長在《西漢以前家宅五祀及其相關信仰研究－以楚地簡帛文獻資料爲討論焦點》〔註207〕有詳細的說明，從傳世文獻中來看約可分成二大脈絡，其說摘錄如下：

（1）火神演變爲灶神。典籍中的火神成了灶神的人物：

A、炎帝，《淮南子·氾論》：「灶神炎帝作火，而死爲灶。」

B、祝融，《禮記·禮器》：「顓頊氏有子曰黎，爲祝融，祀以爲灶神。」

C、黃帝，《太平御覽》卷186引《淮南子》：「黃帝作灶，死爲灶神。」

（2）女性先炊演變爲灶神。先炊，指最早主持炊事的人。《太平御覽》卷529所引《五經異義》中所說的「灶神祝融是老婦」即是認爲灶神炎帝、祝融等曾是「先炊之人」，是女性，以爲灶神的前身是「炊母神」，爲一老年女性形象，這樣的信仰是早在母系社會時就已經產生。

由鄒濬智學長的研究看來，傳世文獻中的灶神有其特定人物，如炎帝、黃帝及祝融等人，雖後有女性形象的先炊之人，但依然是由炎、黃、祝融衍生而來的影子在其中，與〈凡物流形〉所要祭祀的人鬼爲對象是不同的。

〔註207〕火神在原始自然崇拜體系中是一位比較重要的神靈，無論原始的穴居時代，還是人類有了固定房屋組成以家庭爲生活單位以後，灶自然而然成了火的居所，火神也自然成了灶神。灶神信仰源自於上古時對於火的崇拜，由自然之火後來演變爲具有神性的人的形象。再由火神由最初的自然火焰而進一步演變爲具有人形的神明崇拜。鄒濬智學長提出可從三方面來考察（1）從火與灶、火神與灶神的關係考察灶神的來歷（2）從傳世文獻考察灶神的來歷（3）從民俗考古學資料考察灶神的來歷。每項均有詳細的論述，本文礙於主題及版面，不另引述，請參見鄒濬智：《西漢以前家宅五祀及其相關信仰研究——以楚地簡帛文獻資料爲討論焦點》，臺灣師範大學國文所博士論文，2008年6月，頁112～127。

有關祀竈方面的記載有《周禮・天官冢宰・宮正》賈公彥《疏》曰：「社稷七祀於宮中，小宗伯云：『宗廟右社稷在宮中中門之外。依祭法，王為群姓立七祀曰：曰司命，曰中霤，曰國行，曰國門，曰泰厲，曰戶，曰竈。』」〔註208〕七祀指七個神祇的名稱，各有所主要管理的事情，君王分時祭祀祂們。《禮記・祭法》云：「王為羣姓立七祀：曰司命，曰中霤，曰國門，曰國行，曰泰厲，曰戶，曰竈，王自為立七祀。……或立戶。或立竈。」而祀竈的具體內容見《禮記・月令》鄭玄《注》云：「祀灶之禮，先席於門之奧，東面，設主灶陘。乃制肺及心肝為俎，鄭於主西。又設盛於俎南，亦祭黍三，祭肺心肝各一，祭醴三，亦既祭，徹之更陳鼎俎，設饌於筵前，迎尸，如祀戶之禮。」由傳世文獻來看，祀竈主要是用心、肺、肝等內臟作為祭祀牲品，但在楚地簡帛未見祭灶牲品〔註209〕。

此外，竈神的作用，也慢慢由火的崇拜轉為具有人形的神，且按時向天帝稟告人間大小事。鄭玄《注》：「此非大神所祈報大事者也。小神居人之間，司察對過，作譴告者爾。《樂記》曰：『明則有禮樂，幽則有鬼神』謂此與？……竈，主飲食之事。」〔註210〕由傳世文獻可知，竈神，除掌管飲食之事外，還在人間考察善惡以按時向天帝報告。而天帝福、禍降臨的依據是依照人間善惡。

通過上述討論，可知祭祀灶神的作用，在於人們希望通過祭祀神靈而能去除災禍使得福祉能夠降臨。與〈凡物流形〉「骨肉之既靡，身體不見，吾奚自食之？其來無度，吾奚時之？窒祭員奚迸？吾如之何使飽？」所說的祭祀對象顯然不同。

第四說，主要有二個重點，第一，羅小華先生認為簡文█，從穴，聖聲（讀若窟），第二，疑「穴」為贅加形旁。

聖，《說文》：「聖，汝潁之閒謂致力於地曰聖。從土從又。讀若兔窟。」

〔註208〕阮元：《十三經注疏》（周禮），（臺北：藝文印書館，2001 年，初版十四刷），頁 53。

〔註209〕鄒濬智：《西漢以前家宅五禮及其相關研究》，臺灣師範大學國文所博士論文，2008 年 6 月，頁 138。

〔註210〕阮元：《十三經注疏》（禮記），（臺北：藝文印書館，2001 年，初版十四刷），頁 801。

季師旭昇認爲簡文所從「聖」與《說文》所說的「聖」，並非同字〔註211〕，其說確是。戰國文字作 ![字形] 形，皆不見讀爲竄者，詳見下表：

偏旁					
	1. 七年鄭令戈〔註212〕	2. 侯馬·338	3. 璽彙·0831	4. 璽彙·2459	5. 睡虎·192
	6. 包·22	7. 包·62	8. 包·163	9. 包·167	10. 包·168
	11. 新蔡·甲3·25	12. 上博三·周·16	13. 上博三·周·16	14. 上博三·周·26	15. 上博五·三·13
	16. 包·147	17. 包·148			

其二，「穴」爲贅加形旁之說可商。「贅加形旁」是屬於戰國文字中「繁化」現象之一。繁化可分有義的繁化與無義的繁化二類。贅加形旁應屬於「增繁無義偏旁」〔註213〕，其中，常見「宀」增爲無義偏旁，如「集」作 ![字形]（《包·2》）、「中」作 ![字形]（《包·198》）、「目」作 ![字形]（《郭·五·45》）、牘作 ![字形]（《郭·語四·7》）等形可參。「穴」爲贅加形旁的，目前未見。

第五說，季師旭昇認爲 ![字形]，從穴，「左」聲，讀爲「隋」。隋，《說文》：「裂肉也。從肉，從陸省。」關於「陸」字，李學勤先生認爲不從「左」而是「從又從土」：

> 《說文》「隨」字從「辵」，「隋」省聲，「隋」則云係「陸」字或體，「陸」從「阜」，「奎」聲，然而書中沒有「奎」字，引起徐鉉以來許多學者的爭議。看古文字材料知道，字本來不從「左」或

〔註211〕季師旭昇：〈上博七芻議三：凡物流行〉，（上海：復旦大學出土文獻與古文字研究中心：http://www.gwz.fudan.edu.cn/SrcShow.asp?Src_ID=603，2009 年 1 月 3 日。）

〔註212〕字例 1、5 字形取自何琳儀：《戰國古文字典》，（北京：中華書局，2004 年 11 月，第 14 次印刷），頁 878。

〔註213〕何琳儀：《戰國文字通論》（訂補），（南京：江蘇教育出版社，2003 年），頁 215頁。

「」，其所以混淆，以至改從「聖」爲從「左」，大約是因爲「左」在精母歌部，「隨」在邪母歌部，古音相近。《汗簡》、《古文四聲韻》「隨」雖仍從二「又」，「土」則譌變爲「工」，也是受這一點的影響所致。[註214]

可見將簡文，釋爲從穴、「左」聲，讀爲「隋」，應該是正確的。此外戰國文字中「」字只見於偏旁，詳見上表三，季師旭昇認爲楚文字從（左）之字，多讀爲「墮、隨、隋」，正確可從。

在《上博三》，「隨」或作「」、「」等形，其文例如下：

(1) 隨（隨）■：元卿（亨）利貞，亡（無）咎。(《上博三・周易・16》)

(2) 隨（隨）求又（有）旻（得），利尻（居）貞。(《上博三・周易・16》)

(3) 九四：陸（隨）又（有）膢（獲），貞工（功）。(《上博三・周易・16》)

上列三個文例，對勘《馬王堆帛書》周易（後稱帛本）作「隋」、今本周易作「隨」。（請參考上表三）亦可看出「脽」作偏旁時，「又形」位置不很固定，或在土形之上、或在土形之下、或省又形。

此外《新蔡葛陵楚簡》，有一個「」字（甲三 326-1），字從「宀」、從「隨」省、從「木」，宋華強隸定作「檪」，認爲是主持祭禱的官員：

字從「宀」、從「隨」省、從「木」。戰國文字常在字形上面綴加「宀」形，未必表義，「檪」疑是「橢」字異體。「橢」字從「木」、「隋」聲；「隋」字從「肉」、「隨」省聲，所以「橢」字可以寫作從「木」、「隨」省聲。「檪人」疑當讀爲「隋人」。……「檪（隋）人」大概就是司城己所居之里或閭中社宰一類的官員，所以讓他主持祭禱。[註215]

[註214] 李學勤：《論虡公盨及其重要意義》，《中國歷史文物》2002 年 6 期，7～8 頁。

[註215] 宋華強：《新蔡楚簡的初步研究》，北京大學博士研究生學位論文，2007 年 5 月，頁 202～203。

其文例爲：

「下獻，司城己之廩人刉一埮，禱□」（甲三 326-1）

大西克也認爲「廩人」爲主祭者：

> 下獻：此地之社爲祭祀的對象，司城己之廩人爲主祭者。下獻應
> 在司城己之述。此簡無「述」字，貫連敏先生歸爲某某之述之類，
> 確切可從。〔註216〕

關於祭祀的源起，《禮記‧禮運》有云：「後聖有作，然後脩火之利，範金合土，以爲臺榭宮室牖戶，以炮以燔，以亨以炙，以爲醴酪，治其麻絲，以爲布帛，以養生送死，以事鬼神上帝，皆從其朔。」〔註217〕意爲祭禮起源於向鬼神上帝奉獻食物，因此最初的祭祀是以獻食爲主要手段〔註218〕。古代祭祀主要活動是獻牲〔註219〕，其中一個步驟爲「饋食」，饋食即進獻酒食祭鬼神，在祭祀儀式中，是獻給「尸」的。《周禮‧春官‧小祝》：「大祭祀，逆齍盛，送逆尸，沃尸盥，贊隋，贊徹，贊奠。」鄭玄《注》：「隋，尸之祭也。」〔註220〕在周代，天子、諸侯、大夫、士宗廟祭祀的禮儀中，都必須用「尸」。「尸」是祖先神靈的象徵。《禮記‧郊特牲》云：「尸，神象也。」又《禮記‧坊記》云：「祭祀之有尸也，宗廟之有主也，示民有事也。」〔註221〕《白虎通》所說的定義更是確切，曰：「祭祀所以有尸者，鬼神聽之無聲，親之無形，升之阼階，仰視榱桷，

〔註216〕大西克也：《試論新蔡楚簡的「述（遂）」字》，《古文字研究》，（北京：中華書局），
第二十六輯，2006 年 11 月，頁 273。

〔註217〕阮元：《十三經注疏》（禮記），（臺北：藝文印書館，2001 年，初版十四刷），頁
416。

〔註218〕鄔濬智：《西漢以前家宅五祀及其相關信仰研究——以楚地簡帛文獻資料爲討討焦
點》，國立臺灣師範大學國文學系博士論文，2008 年 6 月，頁 209。

〔註219〕獻牲有血、腥、燭、饋食四個步驟。其中血、腥、燭祭是獻神的，饋食是獻尸的。
詳見曹堅：〈談上古祭祀用牲的祀儀〉，《安順師專學報》社科版，1995 年 1 期，
頁 66。

〔註220〕阮元：《十三經注疏》（周禮），（臺北：藝文印書館，2001 年，初版十四刷），頁
390。

〔註221〕阮元：《十三經注疏》（禮記），（臺北：藝文印書館，2001 年，初版十四刷），頁
868。

俯視几筵，其器存，其人亡，虛無寂寞思慕研傷，無所寫泄，故坐尸而食之，毀損其饌，欣然若之飽，尸醉若神之醉矣。」〔註222〕「尸」在祭祀中的地位，即是祖先神靈的象徵，向「尸」進獻食物，其實就是在向祖先神靈進獻食物。

　　《儀禮·士虞禮》：「祝命佐食墮祭，佐食取黍稷肺祭授尸，尸祭之。」鄭玄《注》：「下祭曰隋。」〔註223〕胡培翬《正義》：「黍稷肺之祭爲隋祭。」〔註224〕「隋祭」又稱「墮祭」、「按祭」《周禮·春官·大祝》：「辨九祭，一曰命祭，二曰衍祭，三曰炮祭，四曰周祭，五曰振祭，六曰擩祭，七曰絕祭，八曰繚祭，九曰共祭。」〔註225〕凌廷堪云：「命祭，謂墮祭也，墮祭即按祭，必祝命之，故曰命祭，特牲饋食禮，尸入，祝命按祭尸左執觶，右取菹擩於醢，祭於豆閒，佐食取黍稷，肺祭授尸，尸祭之，士虞禮祝命佐食墮祭，祭豆在祝命之前，與特牲小異，餘大率同也。」〔註226〕凡祭祀始以熟食黍稷者，謂之饋食。《周禮·春官·大宗伯》：「饋食者，著有黍稷，互相備也，先祼，次獻醴、薦血腥，次薦熟饋食。」而「隋祭」即是屬於「饋食」之祭。也就是透過進獻食物的儀式，使先祖神靈能夠得以享用祭品。

　　第六說，單育辰先生認爲 █，從六、從又、從土，以交爲聲，讀爲「厫」。又以爲《容成氏》簡47 █ 從「眀」、從「弅」、從「衣」、從「又」，以「眀」爲聲符，讀爲「履」。今見 █字，又提出《容成氏》簡47，應是雙聲字說：構成A字的「眄」（此字以眀爲聲）和「窒」（此字以「交」爲聲）這兩個字都應是表音。〔註227〕

　　單文提出「█」爲雙聲字，但沒有說明「交」該讀爲什麼，「眀」聲和「交」

〔註222〕班固：《白虎通義》，（臺北：商務書局，1968年）。

〔註223〕阮元：《十三經注疏》（儀禮），（臺北：藝文印書館，2001年，初版十四刷），頁495。

〔註224〕胡培翬：《儀禮正義》，（臺北：商務書局，1968年）。

〔註225〕阮元：《十三經注疏》（周禮），（臺北：藝文印書館，2001年，初版十四刷），頁382。

〔註226〕清·凌廷堪：《禮經釋例》，（臺北：藝文印書館，1967年）。

〔註227〕關於此字的討論者眾多，在此不一一討論，其他學者說法，可參單育辰有精要摘錄。參單育辰：〈佔畢隨錄（三）〉，（武漢：武漢大學簡帛網：http://www.bsm.org.cn/show_article.php?id=754，2007年12月1日）。

聲之間關係是如何？推其意，應該是以「交」從「六」聲，與「䀠」同爲此字之聲符。六，力竹切，上古音在來紐覺部；䀠，九遇切，上古音在見紐侯部，二字聲爲來紐與見紐，關係極爲密切，二字作爲雙聲字的聲符，音理上可通。但是此字是否從「六」，本已可商。從上文對「六」旁的分析可知，此字從「六」的可能性不大。季師旭昇以爲此字應分析爲從䀠、弇、罙（深），弇亦聲，讀爲「黭」、「黤」：

> 張通海先生《〈上博簡〉（一、二）集釋》以爲字從雙目、弇、衣、又，疑讀爲從「弇」聲的「揜」。單育辰先生〈佔畢錄之三〉同意張文釋形，但以爲文獻未見掩裳，因而主張此字從「交、䀠」兩聲，改釋爲「屨」。旭昇案：以服飾而言，屨裳似未見此制。字作「（）」下似從穴、從又，其實即「罙（深）」，全字應從「弇（影侵，王力列在談部）」聲，疑即「暗（影侵）」，䀠、罙均爲義符。讀爲「黭（影侵，王力列在談部。黑色。）」、「黤（影侵，王力列在談部，青黑色）」，黭（黤）裳，黑色的下裳。〔註 228〕

全句爲「文王於是乎素端黭（黤）裳以行九邦，七邦來服，豐、鎬不服」，文通句順，當可從。

第七說，宋華強先生認爲簡文，從「罙」，可隸定爲「𡐨」。戰國文字「罙」字只見於偏旁，從宋華強先生所舉之字形、、、、、來看，與字上部稍有差異，但以季師上文對〈容成氏〉「（）」字的分析來看，〈凡物流形〉此字上部釋爲從「罙」也不無可能。罙《說文》：「深也。一曰，竈突。從穴，從火，從求省。」甲骨文作（《金・525》）、（《前 6・10・1》），從宀，朮聲。金文作（罙甗）。戰國文字承襲金文，字形頗多變化，「朮」旁或加橫筆作，如（中山方壺）或加斜筆作，如（石鼓文《靈雨》）。而「宀」繁化爲「穴」旁，如（《郭店・老甲・8》）。

〔註 228〕季師旭昇〈容成氏新釋〉，未刊稿。

簡文 上部所從，視爲「深」省「水」旁的「罙」，也不無可能。

但是，宋華強先生認爲簡文 應屬上讀，釋爲「奧」，指祭祀的地方。關於「」上讀是否適切，將留待第八說，一起說明。「奧」，《說文》：「奧，宛也。室之西南隅。」《儀禮·少牢饋食禮》：「司宮筵於奧，祝設几於筵上，右之」，鄭玄《注》：「室中西南隅謂之奧」；《禮記·月令》孔穎達《疏》：「五祀先席於室之奧。」即祭祀五祀皆先設主於其所，之後設席迎尸於奧。《爾雅·釋宮》：「室中西南偶曰『奧』，不見戶明，所在秘奧也。」古時房屋坐北朝南，門向南開，而偏近於東，則西南角爲隱深之側，是以尊者居之。由此觀之，「奧」當是指五祀祭祀的場所，與〈凡物流形〉此處所述爲鬼神之對向似不符。

第八說，孟蓬生先生同樣以爲窒爲雙聲符字，穴與聖古韻可相通，據此孟蓬生先生應該是將「」釋作「穴」，下半疊加「聖」聲符，換言之， 是穴的異體，故認爲「穴」並非贅加形旁，此說筆者已於上述第四說中提出說明。

其次，宋華強、孟蓬生先生以爲此字爲上讀，但筆者以爲若屬上讀則用韻上似有不諧韻之處。茲將簡文條列於下：

> 鬼生於人，奚故神**明**（陽部〔註229〕）？骨肉之既靡，其智愈**彰**（陽部），其訣奚適，孰知【簡5】其**疆**（陽部）？鬼生於人，吾奚故**事**（之部）之？骨肉之既靡，身體不見，吾奚自**食**（之部）之？其來無度，【簡6】吾奚**時**（之部）之？**窒**（穴－質部／奧－覺部）祭員奚登？吾如之何使**飽**（幽部）？順天之道，吾奚以爲**首**（幽部）？

從上列簡文，可以看出此段用韻是很有規律的，若將「窒」上讀，則「窒」當爲韻腳，與前後文押韻不諧。此外，此段簡文「之」字皆有指稱對象。如「鬼生於人，吾奚故事之」、「吾奚自食之」，「之」指稱對象爲「鬼」，下句「其來無度，吾奚時之」的「之」，指稱對象應該也是「鬼」才是，而非作介詞。

其次，又說「窒」，有墓穴之意。「穴」除墓穴之義外，在傳世文獻上亦有其他的用法：

〔註229〕本文所提到的古聲分類依黃季剛先生古聲十九紐；古韻分部，依陳師新雄古韻三十二部，後不再標注出處。詳參陳師新雄：《聲韻學》，（臺北：文史哲出版社，2005年9月）。

（1）指人居的土室。如《詩經・大雅・綿》：「陶復陶穴，未有家室。」

（2）指洞窟，泛指地上或建築物的坑、洞。如：《文選・宋玉・風賦》：「空穴來風。」多是指「洞穴」、「幽穴」、「巖穴」。

（3）窩巢。如：「巢穴」、「兔穴」、「犁庭掃穴」、「不入虎穴，焉得虎子？」上列三說，大抵皆由「洞穴」之義出發。關於「穴」，《說文》解釋爲「土室也」。如《易・繫辭・下》：「上古穴居而野處。」《墨子・辭過》：「古之民，未知宮室時，就陵阜而居，穴而處。」因此「穴」，是先民尚未建造宮室之時，用來遮風擋雨用的居處，因此我們可以說，從穴之字，通常有遮蔽之意。如，「弇」，即有覆蓋、掩蓋之意。或是有窒塞之意，如，「窮」，有「窒塞」之意，見《孟子・公孫丑上》：「遁辭知其所窮」。因此從穴之字，解爲「墓穴」之義，說服力不足。

第九說，劉信芳先生亦認爲窒，從六聲，讀爲樬，六、樬在聲韻上確實是非常相近的，但此字不宜釋爲從「六」，已見前論，而且此說沒有討論「圶」部件。

關於樬祭，樬，《說文》：「積火燎之也。從木從火，酉聲。《詩》曰：『薪之樬之。』《周禮》：『以樬燎祠司中、司命。』 祵或從示，柴祭天神。」意爲聚薪燔之，使煙氣上升，直至高空，而讓天神能夠接受。樬燎連稱時作祭名用，其祭祀對象通常以天神爲主。見《周禮・春官・大宗伯》云：「以樬燎祀司中、司命、飌師、雨師。」《周禮・春官・肆師》：「立大祀用玉、帛、牲牷；立次祀用牲、幣；立小祀用牲。」鄭玄《注》：「鄭司農云：『大祀天地；次祀日月星辰；小祀司命以下。玄謂大祀又有宗廟；次祀又有社稷、五祀、五嶽；小祀又有司中、風師、雨師、山川、百物。』」賈公彥《疏》：「此司中、司命等言樬燎，則亦用煙也。據鄭玄說法，「樬燎」屬於小祀。

樬燎連文而爲祭天之名，僅見《周禮・大宗伯》，其單言樬者，經文無徵。是樬爲祭名，實不能釋人之疑。〈大宗伯〉禋祀、實柴、樬燎相對爲文，樬燎之樬，不妨爲積薪、積柴義，蓋以燎祭乃積柴燔燎，所以《周禮》樬燎連文。〔註230〕林義光〔註231〕、竹添光鴻〔註232〕亦認爲樬與樬燎本義無涉。據此，在

〔註230〕周聰俊：〈禋祀實柴樬燎考〉，《國立編譯館館刊》，2000年6月，29卷1期，頁10。

〔註231〕林義光以爲「樬」讀爲「揫」，《說文》「揫，聚也。」此詩《毛傳》云：「樬，積也。山林茂盛，萬民得而薪之，賢人眾多，國家得用蕃興。毛以械樸喻聚人眾多，其訓樬爲積者，即揫字之義。言積不言燎，與樬燎本義無涉也。下文「左右趣之」，

〈凡物流形〉中，將⬚，釋爲「櫨」，而作爲「櫨燎」之祭名，似有未當。

第十說，凡國棟先生以爲⬚從穴從⬚，確實針對「⬚」提出很好的思路，但是文中凡國棟先生只提出新蔡封泥〔註233〕圖片作爲「付」的基本構件的「人」形被省略的例子，來說明⬚應從「付」聲，是很危險的。李學勤在〈論奱公盨及其重要意義〉一文提到「隆」字右半的「又」常有譌變，而易被混淆爲從二「勹」，而被釋爲「附」，然只從「又」與從「又」從「土」有別，與「付」沒有關係：

> 盨銘第一行的「隆」字，右半從二「又」二「土」。這個字在金文最早見於不其簋，但所從「又」形狀有些譌變。完全與盨銘同形的，見於五祀衛鼎，《金文編》未及收入，《金文詁林補》收錄。

> 該字常被混淆於從二「勹」的「阞」字，釋讀有不少的意見，……。目前流行的看法有兩種，一是釋爲「附」，其說本於丁佛言《說文古籀補補》。丁氏所釋是齊陶文的「陘」字，下面從「土」是從「阜」字的常例，故其右半恐只從「又」，與從「又」從「土」

與積薪取喻合。許鄭皆據櫨燎爲説，則文義未安。詳參林義光：《詩經通解》，（臺北：中華書局，1971），卷23，頁9。

〔註232〕竹添光鴻以爲《詩》之薪櫨，但謂積木供燎，與《周官》「以櫨燎祀司中司命」之櫨燎不同。詳參竹添光鴻：《毛詩會箋》（第4冊），（臺北：大通書局，1970），頁1654。

〔註233〕從泥質分析，這批封泥不僅未達到漢封泥那樣均純，甚至比秦封泥還要駁雜。大部分爲含沙量極少的泥質，也有部分含細沙，極少量含粗沙。封泥外觀色澤從淺灰、灰黃、黃褐、深褐直至黑色，顏色差異之大，反晚了泥質本身的差異、烘烤程度以及後來曾經火燒等情況。其形狀不同於秦封泥，比較規矩佔少數，而由手捏整體呈大小不一的棗核形佔多數，還有一些呈不規則形。封泥中未施印的無字封泥數量不少。施印的封泥一般施於正面，有兩次施印或多次施印的例子。，亦有施於側面的。施印時輕重深淺不一，造成有的辨識困難，少量標本上有兩三次施印而疊印的現象。……極爲可貴的是發現有一件泥質「質」字印，同時還發現了由它所抑封泥標本。正好説明新蔡戰國封泥同一內容印文，字形版別之差別極爲豐富這一特殊情況的成因。本文新蔡封泥圖片皆摘自於此篇，以下若提及，則不另注明。詳見周曉陸、路東之：〈新蔡故城戰國封泥的初步考察〉，《文物》，2005年，第1期，頁52～61。

有別，認爲和「付」有關也沒有根據。

……正確的釋讀線索，是在研究新出戰國竹簡時找到的。

1987 年湖北荊門包山二號楚墓出土的竹簡，有一個字結構多所變化，惟左半都是從「阜」，其餘有這樣六種：

右從二「又」二「土」，下從「邑」《包山楚簡》22

右從一「又」一「土」，下從「邑」《包山楚簡》167

右從一「土」，下從「邑」《包山楚簡》62

右從一「土」，一「又」，下從「山」《包山楚簡》163

右從二「又」一「土」，下從「土」《包山楚簡》168

右從一「土」一「田」《包山楚簡》179、184

從二「又」二「土」，與我們討論的「隉」字相同，其所以從「邑」，應係此字可用爲地名的緣故，可視爲衍生字，此外多省略「又」、「土」。下從「土」的，如上文所說，在從「阜」字中習見。從「山」、從「田」的，也是衍生字。〔註234〕

此外字形的旁證局限於單一出土材料似乎少了一些。筆者翻拍了部分較易辨識的新蔡封泥拓本列於下表：

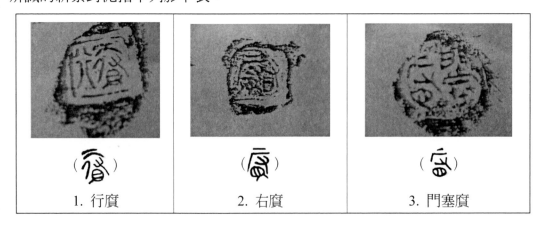

| 1. 行賡 | 2. 右賡 | 3. 門塞賡 |

上表中的新蔡封泥賡字，有從府從貝，如字例 1；有省略人形；有貝形省作目形字形眾多，周曉東、路東之認爲「賡」在楚系文字具有「典型意義」。

〔註234〕李學勤：〈論禦公盨及其重要意義〉，《中國歷史文物》，2002 年第 6 期，頁 4～12。

《禮記·曲禮下》有:「在官言官,在府言府,在庫言庫,在朝言朝」。《注》「府,謂寶藏貨賄之處也。」這批新蔡封泥中賮字很多,但版別差異較大,尤以北賮、北門賮爲眾〔註235〕。由於封泥殘損、施印輕重不同,使得拓片上的文字難以辨認。再者,璽印、錢幣文字常常受限於書寫範圍,因此常有省筆或是共筆的現象。「付」金文作 𠂤(鬲攸比鼎),從又,從人,會有以手持物與人之意。《說文》:「付,與也。從寸持物對人。」爲會意字。會意字的某一偏旁,或是會意字的某一偏旁的部件,一般來說,簡省這類偏旁就會失去會意字或會意偏旁的表意功能。然而在特定的條件制約下,這類簡化字仍可以識讀,諸如有辭例相制約,也可省一個偏旁。〔註236〕

吳振武先生曾經針對「坿」提出說明:

> 𡑒(璽彙3228)字從「土」從「付」,《古璽文編》隸定爲「侳」,《說文》所無」,丁佛言《說文古籀補補》釋爲「坿」。如僅從字形上看,丁氏釋「坿」似無問題。但從「坿」字在古璽中的用法上看,似又不像《說文》訓爲「益也。」的「坿」字,而應是「府」字的異體。……古璽中出現「坿」字的璽很多,多數是在「坿」前冠以地名。除此璽外尚有「堂(當)城坿」(璽彙3442)、「㦨(樂)成坿」(璽彙1386)、「平隂(陰)坿」(南皮張氏碧葭精舍印譜)等璽。……在這些璽中「坿」字釋爲「府」是很合適的。特別是在「宮寓坿守」璽中,「坿」字和「宮」、「寓」相對,更能證明「坿」應釋爲「府」。在古璽和其他戰國銘刻中,「府」字除從「广」從「付」作外;也常常加「貝」作「賦」或「賦」。我們認爲,從貝的「賦」、「賦」和從「土」的「坿」雖然都是「府」字異體,但兩者在用法上可能是有區別的。大凡「府車」之「府」作「賦」或「賦」,「官府」之「府」則作「坿」。〔註237〕

〔註235〕周曉陸、路東之:〈新蔡故城戰國封泥的初步考察〉,《文物》,2005年,第1期,頁52～61。

〔註236〕何琳儀:《戰國文字通論》(訂補),(南京:江蘇教育出版社,2003年),頁206。

〔註237〕吳振武:〈古璽合文考〉,《古文字研究》,(北京:中華書局,1981年,第十七輯),頁268。

　　心怡案：從吳振武先生的說法，我們知道「府」字從「貝」或從「土」，有其重要的區別專指的作用，故而增加義符「貝「或「土」來使得字義更爲完整。戰國文字中有一演變規律－繁化。繁化有注明字義、區別它字的作用。如「壇」，是臣附之「附」的專用字。「附」同「坿」，與「土田附庸」有關，其形符「阜」顯然不如「臣」在「壇」字中所標之義明確。〔註238〕關曉瑩學姐認爲壇是晉系「府」字的特別寫法。〔註239〕而貧所從之「人」形的構形多變，有作貧（晶府戈）、貧（大府鎬）、（璽彙・0127）等形〔註240〕，可證這些「府」字，因爲在其特定條件下－作爲「特定字」，故字形可如此多變，而不影響字義。

　　目前所見戰國文字的「付」字，除新蔡封泥外，目前未見有省「人」的用例，寫法其實非常固定，詳見下表：

單字						
	1. 包・39	2. 包・91				
偏旁						
	1. 包・3（賻）	2. 包・172（賻）	3. 包・181（賻）	4. 包・34（邾）	5. 上博三・周易・51（壇/坿）	6 上博三・周易・52（壇/坿）

而且以璽印、封泥來作爲字形省聲的唯一證據是危險的，因爲璽印、封泥書寫的範圍有限，因此有時筆畫簡省劇烈，而致使字形結構的省略有時往往令人無法理解。

　　凡國棟的文章提到在《上博三・周易》有壇（簡51）、坿（簡52）二形，此字原考釋濮茅左先生隸定作「坿」，從土，付聲。《說文・土部》：「坿，益也。」或讀爲「蔀」，同韻可通。〔註241〕依濮茅左先生看法，「付」爲聲符，

〔註238〕何琳儀：《戰國文字通論》（訂補），（南京：江蘇教育出版社，2003年），頁221。

〔註239〕關曉瑩：《《古璽彙編》考釋》，台灣師範大學國文研究所碩士論文，2000年6月，頁178。

〔註240〕此四例字形取自何琳儀：《戰國古文字典》（上冊），（北京：中華書局，2004年，第二版），頁393。

〔註241〕馬承源：《上海博物館藏戰國楚竹書（三）》，（上海：上海古籍出版社，2003年12

「土」爲形符。故「付」（滂母侯部）與「䶃」（幫母魚部），同爲唇音，魚侯旁轉〔註242〕，古音相近可通假；若據凡說，則「土」形在此作用不明。

其次，凡國棟先生提出了三個對 [圖] 字解釋：（1）腐（2）祔（3）附。將 [圖] 字釋爲「腐」，有二個要素，第一是將 [圖] 字上讀，第二，因爲將 [圖] 字上讀，故本句的「之」視爲「祭品」，上文已針對若把「[圖]」字爲上讀不妥之處提出了說明，在此不再贅述。將「之」視爲「祭品」，是不合文法邏輯的。「之」指稱對象應該於本句：「其來無度，吾奚時之」前就應該出現，否則我們無法說，指稱的對象是承上省略。若依凡國棟先生將 [圖] 字讀的話，簡文內容爲「鬼生於人，吾奚故事之？骨肉之既靡，身體不見，吾奚自食之？其來無度，吾奚時之 [圖]？」這一段話，我們可以很清楚的看到，其主語爲「鬼」，而「之」指稱的對象應該就是「鬼」，不是「祭品」。

《說文》：「祔，後死者合食於先祖。」《釋名》：「又祭曰祔，祭於祖廟，以後死孫祔於祖也。」《儀禮‧既夕禮》：「卒哭，明日以其班祔。」鄭玄注：「班，次也；祔，猶屬也。祭昭穆之次而屬之。」《禮記‧檀弓下》：「卒哭曰成事，是日也，以吉祭易喪祭，明日，祔於祖父。」祔祭之後，當日即將死者神主接回原來的殯宮，到服滿才遷神入廟，定昭穆之班。後世承襲。王安石《贈司空兼侍中元賈魏公神道碑》：「議祔章惠太后廟，公言其非禮。」《明史‧孝宗本紀》：「己酉，憲宗神主祔太廟。」也指祔葬，即合葬。「祔」屬喪祭名。《左傳‧僖公三十三年》：「凡君薨，卒哭而祔，祔而作主。」即卒哭祭之後，立主祔祭於祖廟，並排列昭穆之位。所以「祔」雖屬祭祀人鬼的祭名，但是「祔祭」是指將後死者神位附於先祖的「祭祀儀式」，即是一個將後死者附於先主而祭於祖廟的「動作」。

最後將 [圖] 釋爲「附」，指鬼魂依附在「尸」上，代鬼神受祭，其實即是「尸之祭」，與本文所說的「隋祭」符合，因此若理解爲「尸之祭」，此字更應解爲「隋」更加適切。關於「隋」祭，請詳參上文第五說，在此不另贅述。

月），頁206。

〔註242〕章炳麟云：「魚部與陰侈聲陰弇聲皆旁轉。（魚部轉侯者，如武借爲柎，傅借爲附是也）。陳師新雄：《聲韻學》，（臺北：文史哲出版社，2005年9月），頁637。

【2】員（煮）

簡文甲本簡 7 作「」形乙本簡 6 作形，關於此字的隸定有「異」、「員」二說，以下一一羅列：

1. 隸定為「異」

原考釋者以為「異」讀為「禩」，「禩」字從「異」得聲，可通。「禩」，「祀」的異體字，《說文》：「禩，祀或從異。」因此「祭禩」亦即「祭祀」，對陳物供奉神鬼祖先的通稱。〔註243〕

2. 隸定為「員」

季師旭昇認為「員」疑讀為「煮」，員（喻三文部），煮（曉紐文部），二字韻同聲近，《史記·楚世家》「子員立」《索隱》：「員，《左傳》作麇。」是從「員」聲可通「君」聲之證。「煮」，祭祀的香氣，《禮記·祭義》「煮蒿悽愴」鄭注：「煮，謂香臭也。」〔註244〕

孟蓬生認為「祭員」可讀如「祭饌」。〔註245〕

劉信芳以為此「員」字應讀為「云」，在句例中是祭祀對象而不是祭名或祭品。〔註246〕

劉雲認為是「異」字異體。「員」的古音是匣母文部，「異」字是心母文部，兩字韻為同部，聲亦不遠。如「員」是匣母，而從「員」聲的「損」是心母，而且從「員」聲之字與從「異」聲之字都可以與從「旬」聲之字相通，所以「員」可以作「異」的聲旁。〔註247〕

〔註243〕馬承源主編：《上海博物館藏戰國楚竹書（七）》，（上海：上海古籍出版社，2008年 12 月），頁 236。

〔註244〕季師旭昇：〈上博七芻議三：凡物流行〉，（上海：復旦大學出土文獻與古文字研究中心：http://www.gwz.fudan.edu.cn/SrcShow.asp?Src_ID=603，2009 年 1 月 3 日。）

〔註245〕孟蓬生：〈說《凡物流形》之祭員〉，（上海：復旦大學出土文獻與古文字研究中心：http://www.gwz.fudan.edu.cn/SrcShow.asp?Src_ID=649，2009 年 1 月 12 日。）

〔註246〕劉信芳：〈《凡物流形》栖祭及其相關問題〉，（武漢：武漢大學簡帛網：http://www.bsm.org.cn/show_article.php?id=968，2009 年 1 月 13 日。）

〔註247〕劉云：〈《上博七·凡物流形》中的「異」字〉，（上海：復旦大學出土文獻與古文字研究中心：http://www.gwz.fudan.edu.cn/SrcShow.asp?Src_ID=689，2009 年 2 月 8 日。）

心怡案：簡文「」、「」二形與「異」因形近而有訛誤的情況發現，楚系文字「異」字作：

1.包・116	2.包・33	3.包・190	4.包・52	5.郭・語三・3
6.郭・性・9	7.郭・性・8〔註248〕	8.上博七・凡甲・4	9.上博七・凡乙・3	

「異」字在甲骨文作（《甲》394）、（《甲》1493），從畀從甾，會人的頭上戴甾，雙手翼持之意。〔註249〕至金文或作（盂鼎），甾旁已演變爲田形。其後字形多變，然仍不離「甾」、「田」二形，據上表，可知戰國楚系文字承襲金文，或加飾筆作形，或加大旁繁化作，或省作，或變形作。

楚系文字「員」字作：

1.郭・緇・45	2.郭・唐・19	3.郭・緇・18	4.郭・語3
5.郭・老甲・24	6.郭・老乙・3	7.上博一・緇・4	8.上博一・緇・13

員，從鼎，圓圈表示鼎口爲圓形，鼎旁或省作貝形。〔註250〕《說文》籀文作仍保留從鼎從○的寫法。就戰國楚系文字來看，可以發現「異」和「員」於字形上是有差別的：「異」字上半部，通常作「田」或「○」形，以「田」爲標準型；「員」上部則皆是作「○」形。其次，「異」字若上部作「○」形時，其下部則變化成「爪」形，「員」字則無此形。「員」、「異」皆有加「大」

〔註248〕李守奎：《楚文字編》，（上海：華東師範大學出版社，2003年12月），頁161，此字形李守奎標注爲「訛形」。

〔註249〕季師旭昇：《說文新證》（上冊），（臺北：藝文印書館，2004年），頁166。

〔註250〕何琳儀：《戰國古文字典》（下），（北京：中華書局，2004年9月），頁1314。

形的情形，但是「員」上部作「○」形，而「異」則是作「田」形。

〈凡物流形〉「異」字出現在甲本簡 4 作 形、乙本簡 3 作 形；「員」字出現在甲本簡 7 作 形，乙本簡 6 作 形。雖上部皆作「○」形，但是其下半卻有很明顯的差異，因此甲本簡 7 及乙本簡 6 的二個字形釋爲「員」是正確的。

字音方面，則從季師旭昇之說，員（喻三文部），焄（曉紐文部），二字韻同聲近。「焄」，指「香氣」。上文已釋出「窆」爲隋祭，隋祭中的熟食之祭就是讓祖先就著香氣得以享用祭祀時所貢奉的祭品。

【3】迅（登）

簡文甲本簡 7 作 形，乙本簡 6 作 形。

原考釋者曹錦炎隸定作「迅」，是「升」字繁構，有進獻、進奉之意。〔註251〕
復旦讀書會亦隸定作「迅」，後括注「升－登」，但沒有解釋。〔註252〕
郭永秉提出此字應爲釋爲「逐」，而「逐高從卑」應訓爲「求」。〔註253〕
蘇建洲學長認爲郭說可從：

《凡物流形》乙 6、甲 8、乙 7 的「逐」上部從「Ｘ」形，見於《天星觀》的「塚、豬、豢」。至於字形右下可見於：

（遯（遜），《從政》甲 3）

（豢，《從政》甲 2）

……看得出來，《從政》的兩個「豕（豕）」旁與上引《凡物流形》的乙 6、甲 8、乙 7 形體非常相近，所以《凡物流形》諸字釋爲「逐」應無問題。楚竹書「逐」字作：

〔註251〕馬承源主編：《上海博物館藏戰國楚竹書（七）》，（上海：上海古籍出版社，2008年 12 月），頁 236。

〔註252〕復旦大學出土文獻與古文字研究生讀書會：〈《上博七・凡物流形》重編釋文〉，（上海：復旦大學出土文獻與古文字研究中心：http://www.gwz.fudan.edu.cn/SrcShow.asp?Src_ID=581，2008 年 12 月 31 日。）

〔註253〕見 http://www.gwz.fudan.edu.cn/SrcShow.asp?Src_ID=581 學者評論，2009 年 1 月 2 日。

（《季庚子問於孔子》19）

（《周易》43）

（《競建内之》10）

戰國文字「豕」、「犬」二旁可以替換，所以楚竹書「逐」或從「犬」或從「豕」。〔註254〕

心怡案：甲骨文「豕」、「犬」形近，較大的差別是「豕」尾下垂，作「」（佚・43）形，「犬」尾形上蹶，作「」（甲・1023）形。戰國文字豕、犬雖可替換，但是本處簡文字形似與「豕」、「犬」有差別。「逐」所從的「豕」在楚文字中作：

 1.包・146/豕	 2.望 M2・51/豕	 3.包・227/豕	 4.天卜/豢
 5.郭店・五行・29/豢	 6.包・257/豕	 7.包・207/豬	

「豕」字的筆畫非橫筆，而是向下勾的，與簡文的「」形明顯不同。

簡文（迸），甲骨文及金文未見此字，《說文》亦沒有記載。疑此字應隸定爲「𨺗」。《上博三・周易》簡33有個「」字，今本《周易》作「厥」，馬王堆帛書《周易》作「登」，陳惠玲學姐隸定爲「𨺗」：

> 「陞」上古音爲審紐蒸部，「厥」上古音爲見紐月部，「登」上古音爲端紐蒸部。「陞」與「厥」相距較遠，但「升」「登」聲義俱近，可通用。〔註255〕

季師旭昇亦認爲當隸定爲「𨺗」：

〔註254〕蘇建洲學長：〈《上博七・凡物流形》「一」「逐」二字小考〉，（上海：復旦大學出土文獻中心：http://www.gwz.fudan.edu.cn/SrcShow.asp?Src_ID=597，2009年1月2日）。

〔註255〕季師旭昇主編：《上海博物館藏戰國楚竹書（三）讀本》：（臺北：萬卷樓，2005年），頁88。

「」當即「隓」，又見《上博二・容成式》簡 39 作「」，原考釋亦隸「陞」。楚系文字從「𡵂（或隸作𢍏」之字或訛從「升」，如《包山》「阩」字於簡 128 作「逹（迣）」，「𢍏（𡵂、徵）」、「升」形意義俱近，可以互用，因此「隓（）」較可能是「陞」的誤寫或異體。「厥」字古用「氒」，甲骨文作「」，春秋金文作「」楚系文字作「」；「升」字甲骨文作「」、春秋金文作「」、楚文字從「升」之「阩」字作「」，因此「隓」、「陞」可能簡寫成「升」，「升」訛成「氒」，「氒」再訛成今本的「厥」。「隓（隓）」當讀爲「徵」或「登」。〔註 256〕

許懋慧學姐經由季師說法得出從「」、「」、「」、「」的字形可能是「升」的異體，或是「𡵂」字。〔註 257〕從𡵂之字在楚文字作：

 1.曾侯乙鐘/𡵂	 2.曾侯乙鐘/𡵂	 3.包・138/	 4.包・138	 5.包・138 背	 6.包・139 背
 7.包・149	 8.郭・性・22	 9.上博二・容・39	 10.上博二・容；39	 11.包・137	 12.包・139

與許懋慧學姐所得出的從「」、「」、「」、「」的字形可能是「升」的異體相同。由上表字形對照〈凡物流形〉所出現的甲本簡 7、簡 8、乙本簡 7、乙本簡 7 四個字形，其右半部字形與上表的「𡵂」相似，簡文右半部的字形上部是一個「乂」形，應該是由「」形變化而來。

𡵂，上古聲紐爲端紐，韻部爲蒸部；「升」，透紐蒸部；「登」，端紐蒸部，三字韻部相同，聲紐雖不同，但卻是同是舌音的發音部位，音近可通，因此簡文可讀爲「升」或「登」。「升」有「登」義，如《周易・升》：䷭升元亨用見大人勿恤。《正義》：「正義曰升元亨者升卦名也。升者，登上之義。升而

〔註 256〕季師旭昇主編：《上海博物館藏戰國楚竹書（三）讀本》，（臺北：萬卷樓，2005 年），頁 88。

〔註 257〕許懋慧：《上海博物館藏戰國楚竹書（五）・季庚子問於孔子》研究，（臺北：國立臺灣師範大學國文研究所碩士論文，頁 125。

得大通，故曰升。元亨也，用見大人勿恤者。升者，登也。」〔註258〕，可參。

〔24〕虗（吾）如之何使翠（飽）

原考釋者認為「翠」，從「飤」，「卯」聲。又說「飤」與「食」義同，用作偏旁時也可以互換，如「饋」字本從「食」旁，包山楚簡或寫作從「飤」旁（簡二四二、二四八），故「翠」即「翠」字異體。「翠」，「飽」字古文，見《說文》。〔註259〕

簡文甲本簡7作█形，乙本簡6作█形，上半部確實為「卯」字，「卯」，明紐幽部，「飽」，幫紐幽部，二字韻同聲近，原考釋者對於字形的考釋可從。

〔25〕川（順）【1】天之道，虗（吾）系（奚）以為首【2】？

【1】川（順）

川，簡文甲本簡7作█，乙本簡6作█。

原考釋者曹錦炎將「川」，讀為「順」。並且舉《郭店・尊德義》：「善者民必眾，眾未必訂（治），不訂（治）不川（順），不川（順）不坪（平）。」、《成之聞之》：「君子訂（治）人龠（倫）以川（順）天悳（德）」、「而可以至川（順）天棠（常）愧（矣）」，「順」字皆作「川」。「順」，順應。〔註260〕

【2】頁（首）

頁（首），簡文甲本簡7作█乙本簡6作█。

原考釋者曹錦炎隸定作「頁」，讀為「首」。古文字「頁」、「百」、「首」一字。「首」，首先、第一。〔註261〕

〔註258〕阮元：《十三經注疏》（尚書、周易），（臺北：藝文印書館，2001年），頁107。

〔註259〕馬承源主編：《上海博物館藏戰國楚竹書（七）》，（上海：上海古籍出版社，2008年12月），頁237。

〔註260〕馬承源主編：《上海博物館藏戰國楚竹書（七）》，（上海：上海古籍出版社，2008年12月），頁237。

〔註261〕馬承源主編：《上海博物館藏戰國楚竹書（七）》，（上海：上海古籍出版社，2008年12月），頁237。

〔26〕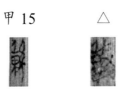（旻）天之㮯（明）系（奚）得？鬼之神系（奚）飤（食）？先王之智系（奚）備？〔25〕

本句主要討論重點有二，第一就簡文甲本簡 8 ![]進行討論，其次針對「![]（旻）天之㮯（明）系（奚）得？鬼之神系（奚）飤（食）？先王之智系（奚）備？」三並列句型進行文意梳理。

首先討論簡文甲本簡 8 ![]字，乙本殘。綜觀目前學者論點，約有「敬」、「敕」、「敀」、「旻」、「重」五種說法，分別敘述如下：

一、隸定為「敬」

原考釋隸定為「敬」〔註 262〕，復旦讀書會〔註 263〕、李銳〔註 264〕、陳志向〔註 265〕等從之。

二、隸定為「敕」，釋為「通」

高佑仁學長隸定為「敕」，讀作「通」：

楚簡「敬」字作 ![]（帛乙 10.4）、![]（帛乙 11.3）、![]（帛乙.10.22）、![]（上博二.昔.4）、![]（上博三.仲.6），「敬」字常見楚簡，比對字形很清楚△字非「敬」。《凡物流形》簡 15 有個「練」字，其左旁對考證△字有參考價值，比較如下：

甲 15　　　　　△

〔註 262〕馬承源主編：《上海博物館藏戰國楚竹書（七）》，（上海：上海古籍出版社，2008年 12 月），頁 238。

〔註 263〕復旦大學出土文獻與古文字研究生讀書會：《〈上博七·凡物流形〉重編釋文》，（上海：復旦大學出土文獻與古文字研究中心），（http://www.gwz.fudan.edu.cn/SrcShow.asp?Src_ID=581，2008 年 12 月 31 日）。

〔註 264〕李銳：〈《凡物流形》釋文新編（稿）〉，（北京：清華大學簡帛研究）（http://jianbo.sdu.edu.cn/admin3/2008/lirui006.htm，2008 年 12 月 31 日）。

〔註 265〕陳志向先生：《〈凡物流形〉韻讀》，（上海：復旦大學出土文獻與古文字研究中心），（2009 年 01 月 10 日，網址：http://flwww.gwz.fudan.edu.cn/SrcShow.asp?Src_ID=645。

　　甲 15 之字原考釋者已釋出爲「練」，字形上「練」字左旁與△字左旁近似，我認爲△字形構可以有兩種解釋方式：

　　第一種即依據甲 15 的字形，把字作從「攵」、「東」聲，「陳」字金文中已經大量出現，例如 （陳侯壺.9634）、（陳伯元匜.10267），△字只不過是省略「阜」旁而已，依此説可隸定作「敕」。

　　第二種可釋爲從「重」聲，我們知道「重」字本即從「東」聲，楚簡中「重」字與「東」字的差異常常僅在最末有無一橫筆，依此説可隸定作「敷」。楚簡已有「敷」字，郭店《性自命出》簡 10 作「」字讀作「動」，其字形、結構與△相近，可惜的是△字下半位於編聯纏繞處因此殘泐不清，因此我們也很難判定到底字形是「東」還是「重」。

　　另外，「」字中間殘泐而似從「日」形與「」不同，但我們知道「東」字從「田」形或從「日」形都可以，例如包山 212「東」作「」，簡 132 則作「」。其次，「」字「日」形與編聯之間有殘泐筆跡，我認爲理應有筆畫，但哪怕沒有筆畫也不妨礙本文的結論，因爲「重」字金文作「」（春成侯壺.9616），可知「田」形下半省略亦可。

　　綜上所述，我認爲△字左旁是從「東」或「重」，但由於下半殘泐尚難從字形上判斷，但「東」、「重」二字形音義都十分密切，不至於使此處的讀音造成分歧，我認爲△字當讀作「通」，《説文》「鐘」字或體作「銿」，文例可讀爲「通天之明」，「通天」文例見《逸周書・命訓解》：「通天以正人」，本處「通天之明奚得？」可以解釋作「貫通天道的聰明如何取得呢？」〔註266〕

三、隸定爲「敚」

　　蘇建洲學長以爲 可能是「敚」字，即「造」字，可讀爲「昭」，另一種

〔註266〕高佑仁：〈釋《凡物流形》簡 8 之「通天之明奚得」？〉，（武漢：武漢大學簡帛網），（http://www.bsm.org.cn/show_article.php?id=972，2009 月 1 月 16 日）。

讀法爲「祟」：

所謂「敬」字作：但是古文字的「敬」左旁從「羊」頭，而從來沒有類似「△」的寫法，將「△」釋爲「敬」顯然是不對的。由於簡文正好位於編連之處，字形有所磨損，頗不易識出。筆者懷疑「△」可能是「敊」字，即「造」字，試比較：

（《曹沫之陳》2背）　（△）

簡文讀法有幾種可能，一是讀爲「昭」。蔣禮鴻先生說：「則又知昭昭之昭與造、蹴、慼亦聲近而義通，……至造又爲慥，蹴又爲慼，慼又爲感爲戚，固無以列舉爲也。」古籍【昭與朝】有通假例證。而董珊先生曾指出：

戈銘所記「上郡假守」之名爲「鼂」，「上郡假守鼂」不見於典籍記載。下面試作一些推測。從相關的字音、職官和年代三方面考慮，此人有可能是《史記·秦本紀》、《穰侯列傳》記載的秦客卿竈。《戰國策·秦策三》有「秦客卿造謂穰侯」章（原注：馬王堆帛書《戰國縱橫家書》亦有此章，但不記客卿造之名。），此人名作「造」，上古音「竈」與「造」聲母都是精系，韻部爲幽、覺對轉，是常見的通假。戈銘「鼂」《說文》「讀若朝」，「鼂」與「朝」都是端母宵部字，也常常通假。（原注：參看高亨、董治安：《古字通假會典》755 頁、727 頁，齊魯書社，1989 年。）「朝」字據《說文》分析是「從倝、舟聲」，而「造」字古文字或作「艁」，是在「告」上加注「舟」聲。由於「朝」跟「造」都可以從「舟」得聲，所以「朝」的通假字「鼂」與「竈」、「造」二字也可以構成通假關係。

可見「造」與「昭」通假自無問題。古籍有所謂「昭天」或「昭天之明」的說法：

《大戴禮記·虞戴德》：「屬於斯，昭天之福，迎之以祥」。

《逸周書·命訓》：「明王昭天信人以度功」。

《逸周書·武穆》：「曰若稽古，曰昭天之道」。

《逸周書·成開》：「五典：一言父典祭，祭祀昭天，百姓若敬」

《漢書・武帝紀》：「戰戰兢兢，懼不克任，思昭天地，內惟自新。」

《後漢書・班彪列傳下》：「光武皇帝躬服金革之難，<u>深昭天地之明</u>」。

另一種讀法是「崇」，陳劍先生指出：

戰國兵器銘文中作造之「造」或加注「酉」聲（17.11123 滕侯吳戈），（原注：參看陳偉武：《簡帛兵學文獻探論》，123 頁，中山大學出版社，1999 年 11 月。）《說文》卷十四下酉部以「丣」字爲「古文酉」，分析「留」字、「柳」字皆從「古文酉」，而「柳」又或與「崇」相通。《左傳》、《穀梁傳》宣西元年經文「晉趙穿帥師侵崇」，《公羊》經、傳「崇」字皆作「柳」。此亦可爲旁證。

古籍有「崇天」的說法，如《尚書・仲虺之誥》：「欽崇天道，永保天命。」

所以簡文可以讀作「昭天之明奚得？」或是「崇天之明奚得？」〔註267〕

四、隸定為「敀」，讀為「旻」

叢劍軒以爲字形可分析爲從「攴」、「昏」聲，可讀爲「旻」：

《凡物流形》甲本簡 8：G 天之明，奚得？鬼之神，奚飤？先王之智，奚備？其中 G 字作：

……首先看字形。G 字有所殘泐，尤其是左下半模糊不清，不易判斷其的確切筆劃。不過我們注意到，G 字下面剛好是編繩契口，從《上博（七）》卷首第 8 頁的照片看，簡 8 的 G 字抄得十分接近編繩位置，與其他各簡相比顯得很突出。這說明 G 字字形不可能拉得太長，沒有空間容納「東」或「童」字應有的下半筆劃。而楚簡「東」或「童」省成「」一類寫法的例子少見。本篇簡

〔註267〕蘇建洲：〈試釋《凡物流行》甲 8「敬天之明」〉，（上海：復旦大學出土文獻與古文字研究中心），（http://www.guwenzi.com/SrcShow.asp?Src_ID=667，2009 年 1 月 17 日）。

24 陳字作「 」，也可參看。

其次看文義。原簡是一組排比句，實際上 G 在這組排比句中的用法有兩種可能：一是作動詞，管後面三個 分句；二是與天構成一個名詞性結構，屬於第一個分句，與「鬼」、「先王」等對舉而性質相同。高文將「通天之明」連讀，把整句解釋作「貫通天道的聰明如何取得呢？」但這樣一來，與「G 天之明」語法結構相同的「鬼之神」、「先王之智」就變得不易解釋。

又，蘇建洲先生將 G 釋作「敔」，就字形而論是有道理的，但無論讀爲「昭」還是讀爲「崇」，似乎還是未能照應到後面結構相同的另兩個分句。

因爲 G 字字跡較爲模糊，自然導致釋讀的多種可能性，以下姑且接著高、蘇二位先生的話題，提出另一種可能。

《凡物流形》甲本「䎽（聞）」字有兩類寫法，分別作：

H1： （簡 13A） （簡 21） （簡 22） （簡 20）

H2： （簡 2） （簡 8） （簡 11） （簡 14）

（簡 15） （簡 26）

第一類寫法爲常例，楚簡習見；第二類寫法則主要見於本篇，所從「氏」旁訛寫成「乙」，與 G 所從之「乙」同形。正如高文所指出的，G 字左下角似從「日」，這剛好與「昏」旁從日相吻合。

我們推測，G 有可能應分析爲從「攴」、「昏」聲。古書從昏、從民、從文之字多有通假之例。故 G 或可依聲讀爲「旻」。《尚書·多士》：「爾殷遺多士，弗弔旻天，大降喪于殷。」孔穎達疏：「天有多名，獨言旻天者，旻，湣也。」《左傳·哀公十六年》「旻天不弔」，杜預注：「仁覆閔下，故稱旻天。」旻天可泛指天，簡文中與鬼、先王爲對文。〔註268〕

〔註268〕叢劍軒：〈也說《凡物流形》的所謂「敬天之明」〉，（武漢：武漢大學簡帛網），（http://www.bsm.org.cn/show_article.php?id=975，2009 年 1 月 17 日）。

五、隸定為「敢」，讀為「重」

顧史考認為「吾奚事之」似於文未足，且難以入韻，簡文此字必須屬上讀：

> 叢氏之說最像，然亦難入韻。此字模糊不清，釋為「重」加「攴」實亦有呵能，然則若非「敬」字之訛變，或可讀為「重」或「動」而視為耕東通韻（此乃視「之和」二字為衍文）。《慎子》曰「明君動事分功必由慧，定賞分財必由法」，是亦「動事」與得民相關之文例。然「重」與「以為首」義正相類，今姑讀為「重」。

〔註269〕

心怡案：關於 ![字] 字（下以△代之），就字形來看，目前約有四種說法，第一，將△字釋為「敬」。楚系文字「敬」作 ![字]（郭店・性・39）、![字]（郭店・語一・95）、![字]（上博一・孔・5）等形，與所論簡文△字形經比對後，明顯不是同一個字，蘇建洲學長及高佑仁學長已有說明。

第二，認為△字的左半部可能是「東」或「重」形。東，端紐東部、重，定紐東部，二字的古音，聲近音同，或可通假。但「東」字於偏旁作：![字]（包山・166/陳（陳）），「重」字於偏旁作：![字]（包山・7/陣）、![字]（包山・61/陣）、![字]（包山・138/陣）、![字]（包山・239/陣、![字]（郭店・性・10/敢）未見省略「土（或壬）」形，除此之外，若預想左下半部尚有筆畫，則此字的字體勢必就要拉長才可容納其餘的筆畫。

第三，提出《上博四・曹沫之陳》簡2背的 ![字]，指出△字之左半部應是「告」形。楚系文字「從告之字」作：![字]（上博二・容・31/俈）、![字]（包山・16/俈）、![字]（包山・12/郜）、![字]（包山・125/酷）、![字]（上博三・彭・7/敳（遭））、![字]（上博四・曹・1/敳（曹））等形，可以看出各字所從「告」字，

〔註269〕顧史考：〈上博七〈凡物流形〉上半篇試探〉，（上海：復旦大學出土文獻與古文字研究中心）（http://www.gwz.fudan.edu.cn/srcshow.asp?src_id=875，2009年8月24日），本篇已於《「傳統中國形上學的當代省思」國際學術研討會論文集》：臺北：臺灣大學哲學系主辦，2009年5月7～9日發表。

與所論△字的左半部字形極爲相似。但在字義上，不論是「昭天」或是「崇天」於傳世文獻中「昭」、「崇」多作「動詞」使用。

第四，認爲△字左半部爲「昏」字，而△字所從的形，爲「氏」之變體。楚系簡帛文字「從昏之字」有：（郭店・老丙・3/緍）、（郭店・老丙・5/酳）、（上博二，從甲8/酳）等形，及叢劍軒所列出〈凡物流形〉甲篇諸「酳」字：

H1：（簡13A）（簡21）（簡22）（簡20）

H2：（簡2）（簡8）（簡11）（簡14）（簡15）（簡26）

其中H1類是楚系簡帛文字常見字形，而H2類的「氏」部分有個共同點，即其的直劃部分較長，尤其是簡11的字形，其直劃是貫穿而下至「日」形。雖然H2類的部件，與△字極爲相似，但H2類的字形各字寫法不一，或作「田」形或作「日」形，此外，△字左下部件構形殘沴不明，實難判定。

就文意上理解，筆者較傾向叢劍軒及顧史考的說法，將本句讀爲「旻天之明奚得？鬼之神奚食？先王之智奚備？」的並列句式。

「旻天」泛指「天」，「旻天之明」即「天之明」，意指「上天的聰明」。「鬼之神」在文獻中不多見，而較常見的爲「鬼神」一詞，指的是人死後的亡靈以及神明，在本篇中出現了「鬼之神」一詞，傳世文獻中見於《漢書‧郊祀志》：「杜主，故周之右將軍，其在秦中最小鬼之神者也。」顏師古《注》：「其鬼雖小而有神靈也。」「鬼之神」意思是「人鬼的神奇玄妙」。「先王之智」，即「先王的智慧」。

旻天之明、鬼之神、先王之智，皆是正面的敘說方式，故「明」、「神」、「智」皆有稱揚之意，因此本句中的「得」、「飤（食）」、「備」是三個動詞，據文意來看，應該都在說明同一個涵意。「得」，《說文》：「行有所得也。」故有獲得之意；「飤」，養也。《方言》：「牧，飤也。」錢繹《方言箋疏》：「爲養人之名，引而伸之，則凡養皆謂之飤」。而「牧」，有「修養」義。《周易‧謙卦‧象》曰：「謙謙君子，卑以自牧也。」《疏》：「牧，養也。……君子之義，恒以謙卑自養其德也。」故本簡「飤」可引申爲「修養」義。「備」，在楚文字

中可釋作「服」，但釋作「服」於文意上不符，故在此讀如本字，「備」，完備。

　　本句的意思是：上天的聰明是如何得到？人鬼的神奇玄妙是如何養成？先王的智慧是如何完備？

三、小　結

　　本章主要對於萬物形成、天地之間的規律以及鬼神是來由等相關命題。分別敘述如下：

　　一、萬物形成：對於萬物形充滿了疑問，懷疑人是由何而生？是依何而名？天地之間是誰先出現，而又是誰後出現？簡文曰：「凸（凡）勿（物）流型（形），系（奚）寻（得）而城（成）？流型（形）城（成）豊（體），系（奚）寻（得）而不死？既城（成）既生，系（奚）募（顧）而鳴（名）？既果（本）既根，系（奚）逡（後）之系（奚）先？」。

　　二、天地間的規律：對於天地間的運行規律亦充滿了好奇，其中含有「陰陽五行」的概念，並對於「天地間規律」是由誰制定的感到好奇。對於天地最初形成時，由誰主導，藉由什麼去帶領眾人而感到疑問，故簡文曰：「会（陰）易（陽）之處，系（奚）寻（得）而固？水火之和，系（奚）寻（得）而不碰（差）？」又曰：「有寻（得）而城（成），未知左右之請（情），天陞（地）立多（終）立慇（始）：天降五尼（度），虖（吾）系（奚）奥（衡）系（奚）從（縱）？五燹（氣）齊至，虖（吾）系（奚）異系（奚）同？五音在人，笞（孰）爲之公？九囟（囿）出誯（謀），笞（孰）爲之佳（封）？」

　　三、鬼神之來由：自古以來，人對於死後的世界充滿了敬畏與好奇，對於「鬼神」的存在他們是抱持著肯定的態度，故簡文曰：「民人流型（形），系（奚）寻（得）而生？流型（形）成豊（體），系（奚）遊（失）而死？」先對於生由何而來，又因何而死，發出疑問。緊接著便提出對於「鬼神」之玄妙及祭拜他們時，所產生的一些疑問：「䰡（鬼）生於人，系（奚）故神睨（明）？骨肉之既林（靡），其智愈暲（彰），其夫（慧）系（奚）適（敵），笞（孰）智（知）其疆？䰡（鬼）生於人，虖（吾）系（奚）古（故）事之？骨肉之既林（靡），身豊（體）不見，虖（吾）系（奚）自食之？其坴（來）無尼（度），虖（吾）系（奚）峕（待）之？窒（隋）祭員（焄）奚迊（登）？虖（吾）如之何使歔（飽）？」